Le mangeur de cactus

Lettres de l'océan Indien

Fondée par Maguy Albet et Alain Mabanckou, cette collection regroupe des œuvres littéraires issues des îles de l'océan Indien et tout particulièrement de l'archipel des Comores, des îles de Madagascar et de La Réunion, de Mayotte ou des Seychelles. La collection accueille des œuvres directement rédigées en langue française ou des traductions.

Derniers titres parus :

Umar TIMOL, *Le monstre*, 2013.
Halima GRIMAL, *Le Manuscrit de la femme amputée*, 2013.
Quraishiyah DURBARRY, *Féminin pluriel*, 2013.
Christine RANARIVELO, *Le Panama malgache*, 2011.
Catherine PINALY, *Sur Feuille de Songe...*, 2011.
SAST, *Le sang des volcans, Des Kalachs et des Comores*, 2011.
Jean-Louis ROBERT, *Concours de bleus*, 2009.
François DIJOUX, *Le Marlé*, 2008.
TOAZARA Cyprienne, *Au fil de la sente*, 2007.
MALALA Alexandra, *Coup de vieux*, 2006.

Ces dix derniers titres de la collection sont classés par ordre chronologique en commençant par le plus récent.
La liste complète des parutions, avec une courte présentation du contenu des ouvrages, peut être consultée sur le site www.harmattan.fr

David JAOMANORO

Le mangeur de cactus

L'Harmattan

Du même auteur :

La retraite (théâtre) – Éditions Promotion Théâtre, Belgique / 1990. Réédition 2006

Funérailles d'un cochon (nouvelle), in LES INÉDITS 93 DE RFI-ACCT – Éditions Sépia, Saint Maur / 1994

Pirogue sur le vide (nouvelles) – Éditions de l'Aube, La Tour d'Aigues / 2006

5-7, rue de l'École-Polytechnique ; 75005 Paris
http://www.harmattan.fr
diffusion.harmattan@wanadoo.fr
harmattan1@wanadoo.fr
ISBN : 978-2-336-30187-7
EAN : 9782336301877

Épouse vendue aux enchères

Ce matin, le vieux musicien arrête de jouer au moment où ma grande carcasse se casse pour franchir l'encadrement de la minuscule porte de sa maison. J'ai pris l'habitude de ne pas saluer, du moins tant qu'il joue, pour ne pas effaroucher comme le chant d'un oiseau sa musique que je dévore à pleines oreilles depuis la rue.
Mais aujourd'hui, il s'interrompe. Un long silence s'installe, pendant lequel Marvane, je l'appelle ainsi, déplace et replace les tessons de calebasse qui tendent les cordes de son instrument. Il cherche de nouvelles tonalités. Un morceau original se prépare douloureusement à venir au monde. Une grosse émotion traverse l'air immobile que sature une senteur d'eucalyptus ; il n'avait pas étouffé le brasier. Lentement se consument les quelques morceaux de charbons qui avaient servi à réchauffer son café. Lui-même se chauffe par la même occasion. Après avoir bu son café, il écarte négligemment sa couverture. Approche l'autre chaise pour y appuyer la tête du *marovany*[1].
Les premières notes se mettent à pleuvoir. De temps en temps, un petit grincement quand le doigt impatient touche la corde encore toute vibrante de la note précédente.
Les dents rongées de tabac à chiquer découvrent lentement un sourire. Le vieux solitaire m'a enfin remarqué.

- C'est que j'ai une nouvelle histoire à te raconter, Vazaha, s'excusa-t-il.
- Oui, Marvane. Et merci d'avance. Mais dis-moi d'abord quelle est la pensée du jour ?
- La pensée du jour ?
- Ee.

[1] Marovany : Instrument constitué d'une caisse rectangulaire sur les parois de laquelle sont tendues les cordes.

- La pensée du jour est : *Dralam-bazaha mimpoly ampaosim-bazaha avao.*
- L'argent des Blancs retourne inévitablement dans les poches des Blancs ?
- Exact. Bravo. Tu parles maintenant ma langue presque mieux que moi.
- Merci, Marvane. Venant de toi, ce compliment est un véritable baume sur mon cœur. Maintenant, si tu le veux bien, allons-y pour la nouvelle histoire.
- …coute l'histoire de Titiky.

Marvane cale son instrument sur la deuxième chaise en face de lui.

♣ ♣

♣

L'abri est monté. Comme tous les soirs. Trois pagnes jadis bigarrés, aujourd'hui déteints, pâles, à la propreté douteuse. Tout comme ce peuple sans visage qui déambule dans cette région sauvage. Sans visage, sans yeux. Car on ne les voit pas. Ils ont beau crier, on ne les entend pas. Ils ont beau écarquiller les yeux, on ne les voit pas, car eux-mêmes obsédés par le « qu'est-ce que je mangerai », ne voient pas le temps leur filer entre les doigts comme le sable des plages. Trois pagnes montés en rectangle sous la véranda du magasin. Pas besoin de toit. Le balcon du premier étage habité par la fille du propriétaire protège de la pluie et du soleil. Rien à craindre côté pluie, car il pleut vingt jours par an, et ce n'est pas la saison. Il faut plutôt penser aux piqûres de l'hiver austral, et aux morsures des boyaux toujours vides, ou presque.

Payer le pousse-pousse.

Quand on n'a pas su profiter des années pluvieuses, il faut avoir du nerf dans les jambes pendant les années sèches. Les années humides se sont égrenées dans l'abîme du passé comme maïs dans un sac sans fond. Y penser sans regret. La force du cœur se dépense. L'argent se cherche. Une fois trouvé, il faut bien qu'il serve à quelque chose. Le mien a servi à me faire goûter à la belle vie. Celle des gens sans souci. Sacrée Mikea. Le souvenir de ce bon temps pas si vieux que ça, me botte au lieu de m'enfoncer dans la mélancolie. Me fait dire que c'est encore possible. Trente ans. Une jolie femme, excellente danseuse. Un petit garçon qui grimpe déjà tout seul dans le pousse sans l'aide de personne. Deux ans le bambin ; jamais rassasié. Il passe son temps entre les seins de Mikea et la marmite de manioc bouilli.

L'abri est monté. Juste un abri contre les regards des passants, mais pas un abri contre le vent glacial qui déchire la peau en cette saison. *Tioka atimo*. Vent du sud, qui gerce les fesses toujours nues de mon petit garçon. *Tioka atimo* qui draine des touristes de toutes langues. Et avec eux, des euros ; mais des euros qui ne rentrent pas facilement dans les poches des tireurs de pousse-pousse. Les touristes pleins d'euros se déplacent en *kat-kat*. D'habitude, je dors dans mon engin ; ma femme et mon gamin dans l'abri de pagnes ; je suis gardien de nuit du magasin de gros et demi-gros de Houssein.

Le sud. Le Grand Sud insondable. Fascinant. *Toliara tsy miroro*. Tuléar ne dort pas.

Payer notre pousse-pousse.

La meilleure journée pour nous trois, c'est quand je ramène des mamies *vazaha* titubantes de plaisir, et que le soir avec la troupe, on danse au cabaret. Là, le lendemain, le pousse se repose. Je me contente de petits entretiens de mon véhicule. Je le lave. Je l'astique. Le cajole. Le caresse. Lui soigne ses petits bobos. Le bichonne. Un jour comme ça, Mikea se permet d'aller au marché. Ramener des gâteaux d'oursins, de la viande de zébu, du riz. Saturer notre soirée d'une bonne odeur de sauce tomate. L'abri de tissu qui flotte au vent du sud reçoit alors un troisième locataire. Moi. Oui, les soirs comme ça, je quitte ma posture recroquevillée sur la banquette passagers de mon pousse pour lover ma tendre Mikea dans mes robustes bras.

Six mois pour payer le pousse-pousse.

Plus que quatre mois et je deviendrai propriétaire. Alors je pourrai mettre en location mon véhicule et me lancer dans l'acquisition d'un deuxième. J'en ai encore pour plusieurs années de course dans les jarrets. Les prunelles de Mikea brillent à la lueur du brasero.

Elle fait vraiment amende honorable, ma douce Mikea. J'ai toujours cherché à la persuader qu'elle n'était pas la seule coupable de notre ruine ; la vie de *bawane*[2] lui faisait découvrir à elle aussi le luxe, les parfums, les bons restaurants, les virées avec les bandes de copains. D'accord. Mais le coupable, le vrai, c'est Monsieur *Drala*, l'argent. Il est venu trop subitement, l'argent. Brutalement. En trop grande quantité d'un seul coup. Il nous est monté à la tête. Nous a arraché la tête.

- C'est ma faute, époux chéri. Le rôle de la femme, c'est d'assurer la bonne gestion des biens du couple. D'autant plus que tu ne m'excluais pas de cette gestion, pas comme les autres maris.

- Je ne t'ai pas exclue parce que tu participais au travail en tant que danseuse du groupe. Tu apportais presque autant que moi. Et puis nous voulions vivre comme des gens modernes.

Aujourd'hui, nous vivons dehors. Il est vrai, sans factures à payer, ni d'eau, ni d'électricité, ni de loyer.

Finir de payer ce pousse-pousse avant les pluies.

Un jeune garçon me remet une lettre.

---

[2] Bawanes : gens friqués

- Titiky, c'est bien toi ?
- Ee.
- Voici une lettre qu'on m'a confiée pour toi.
- Elle vient d'où ?
- Du pays.
- De la part de qui ?
- Je ne sais pas.

Un mauvais pressentiment me scia les genoux. Je posai une fesse sur le brancard du pousse. C'était pour moi un jour de repos. Mikea était partie acheter de l'huile et du sel trois rues plus loin. L'abri de paréos était démonté, jeté négligemment sur les paniers d'arachide ; Mikea vendait des cornets d'arachide grillée pendant la journée. Mes doigts se refusaient à ouvrir l'enveloppe maculée de boue et de sueur.
Titiky Toliara.
Pas d'autre inscription sur l'enveloppe. Sauf une croix maladroite tracée là où devait se trouver le nom de l'expéditeur.
Mort. Il y a un mort au pays. Qui ? Quand ? Où ? Chez moi ou chez Mikea ? De toute façon, c'est pareil. Il y a un mort au pays. Il faudra envoyer des zébus. Devoirs familiaux. Contraintes ethniques. Joug racial. Carcan régional. Fierté dérisoire.

Je finis par ouvrir la lettre. Perdre un beau-père, ça arrive à tout le monde. Mais dans mon cas, c'est rien moins que la poisse. Une poisse millénaire accumulée au fil des invasions acridiennes, des famines endémiques. Au fil des *kéré*[3]. Une poisse soigneusement entretenue par les nuées de moustiques implacables. Une poisse qui rattrape les chevilles les plus agiles.
Cinq zébus comme participation à la mise en terre de Balahazo, mon beau-père. C'est l'équivalent d'un pousse-pousse flambant neuf. Balahazo n'avait jamais béni mon

[3] Kéré : disette, famine.

union avec sa fille préférée. J'étais et suis resté un voyou à ses yeux. Même pas capable d'honorer de deux paires de cornes le père de ma dulcinée. Ce bambin né de mon sang n'était finalement pas mien car sorti d'une union illicite. Selon Balahazo, mon beau-père.
Zébus à la naissance. Zébus comme dot. « T'as de beaux zébus, toi ». Zébus en sacrifices aux ancêtres. Zébus en libation. Zébus à la mort. Zébus pour la mise en terre. Toujours. Sauf pour les héritiers. Les enfants n'héritent pas les zébus. Ils recommencent à zéro. C'est comme ça.
Il aurait pu raidir les pieds quand je roulais en *kat-kat*. A cette époque-là, je pouvais offrir non pas cinq mais quinze, trente zébus. Pourquoi n'a-t-il pas raidi les pieds à ce moment-là, Balahazo ? Pourquoi Mikea est-elle la fille d'un vieux connard qui se renverse au plus mauvais moment ?
Puisque Mikea n'hérite rien de son père, pas même une queue de vache stérile, pourquoi cherche-t-on à l'égorger en nous imposant cinq zébus que nous n'avons pas ? Que je n'ai pas. Le troupeau de Balahazo, bien que pas immense, loin s'en faut, aurait suffi largement à financer sa propre mise en terre. Pourquoi l'a-t-on dilapidé, ce bétail déjà maigre, en nourrissant pendant une semaine une population hurlante et vociférante ? Pourquoi n'avoir pas mis en terre Balahazo quand il restait des zébus dans son enclos ?

La parole qui sort de ma bouche est comme une hache retournée : on ne la chevauche pas. Celui qui marche sur ma parole est comme l'insensé qui s'essuie les pieds sur la tête d'un caïman endormi sur la berge.
Balahazo est mort, ça fait trois lunes déjà. Titiky ne se manifeste pas. Si le moment venu, il est d'ailleurs déjà venu, le premier gendre ne s'honore pas, nous reprenons notre fille. Le mort ne peut pas attendre indéfiniment. Il faut qu'il soit enterré décemment.
Dans la bouche de Mikea, ces propos de son grand oncle me sagayaient à bout portant.

Je suis l'abri cerclé d'épineux
En moi pourrit le défunt qui attend sa mise en terre
Je repousse les passants poussiéreux
Eloigne les voyageurs abrutis qui secouent la tête
Ahuris les gamins chasseurs de sauterelles
Les vrombissements de mouches trahissent ma décadence
L'abri cerclé d'épineux entrave ma fuite
Compromet mon départ définitif
Lie mes chevilles de liens de ronces

Chantait Mikea le soir qui précéda son départ aux funérailles de son père.

Mon gamin rampe dans la poussière à mes pieds totalement ignorant du drame dont il est l'enjeu ; il va changer de père, il va changer de procréateur. On va attribuer à un autre ma soupe manioc qui a fécondé sa mère.
Un enfant n'est pas le garrot pour un foyer fracturé.
Ma vie s'enlise dans le gouffre d'une coutume ethnocide.
La fierté d'une femme est une piste poussiéreuse piétinée par une horde de zébus harponnés vers les abattoirs.
Une mère et son enfant vont être vendus au plus offrant pour satisfaire la fierté familiale.
La demeure éternelle doit être belle. Quel que soit le prix qu'il faut payer.

Cette mise en terre aurait été pour moi l'occasion de montrer que j'étais un homme. Capable d'honorer mon épouse en offrant cinq zébus pour les funérailles de mon beau-père. Ç'aurait été pour moi l'occasion de me rehausser dans l'estime de ma belle famille qui ne m'avait jamais pardonné d'avoir « enlevé » Mikea sans avoir payé la dot exigée par la coutume. Je ne suis pas une vulgaire poule qu'on emporte les pattes liées et la tête en bas, après d'interminables marchandages, disait Mikea. Je t'aime, tu m'aimes, ça me suffit, je suis une fille moderne. Elle était vierge. Elle dansait

dans les cabarets sur les lamentations de mon violon à trois cordes. Elle dansait partout, à toutes les occasions. Elle était belle. Elle ne s'était pas prostituée aux nombreux *Vazaha* dont certains étaient bourrés à étouffer d'euros. Partir au pays des *Vazaha*, en France ? Non. C'était pour elle impensable. Là-bas c'est la prison, disait une de ses tantes, revenue sur la terre des ancêtres justement parce que la vie en France lui était insupportable. Si c'était beau là-bas, ils n'auraient pas abandonné leurs femmes et enfants pour venir refaire leurs vies ici avec des nubiles. Les *Vazaha* sont mauvais, disait une autre cousine blasée de la France.
Ils enferment leurs vieux dans des prisons qu'ils appellent maison de retraite, pour avoir la paix. Les mamans allaitent leurs maris mais jamais leurs bébés. Pas étonnant que leurs adolescents sont effrontés comme des cabris. Leurs vieux débris libidineux vont dilapider leurs sous en faisant plein de conneries avec les nubiles des gens de couleur. Non, Mikea n'aime pas les *Vazaha* parce qu'ils foulent aux pieds la dignité des filles du sud.

- Sans dot, seul l'amour t'attachera à moi, m'avait dit Mikea.

Je ne savais pas que d'autres liens existaient, plus forts que l'amour. Plus forts que la vie. Indéfectibles comme la mort qui les nouait et les entretenait.
Si je ne donne pas les cinq zébus de la mise en terre de Balahazo, Mikea cessera d'être mon épouse.

Ma douce Mikea.
Je n'ai pas la possibilité de me constituer un cheptel rien que pour les funérailles de Balahazo. Mon troupeau, dont je prends grand soin, que je chéris de tout mon cœur, c'est toi, c'est Fitea, notre fils. Tu es une femme de demain. Je t'ai rencontrée danseuse dans un cabaret. Nous avons eu notre époque de gloire, de folie de jeunes friqués. Souviens-toi

quand nous avons investi le bar *Le Kabôssy* pendant tout un week-end. Cette soûlerie ! Le pari était d'être moins esquinté que le barman le lundi matin, après avoir fait la bringue non stop trois nuits de suite. Tu me disais l'homme que je te préfère n'est pas encore né. Souviens-toi quand nous entassions nos copains dans le kossovo[4] et nous rendions à tous les tournois de lutte. Nous les nourrissions de nos poches des semaines entières. Tu étais la présidente d'honneur du Trandraly Football Club. Les joueurs ne manquaient de rien ; ils ont gagné la coupe du tournoi inter régional. J'enlaçais mon violon, et toi, tu t'envolais, oiseau libéré de sa cage. Mon violon. Tes jambes. Tes hanches. Maintenant, notre petit garçon. Notre pousse-pousse que nous finirons de payer entièrement dans quelques semaines. Aujourd'hui, j'ai besoin de toi. Le petit a besoin de toi à côté de moi.
Mikea-mienne, je n'ai qu'un abri fait de pagnes attachés ensemble, et un pousse-pousse presque dégagé. Tu es une femme de demain. Que sera cette ville sans tes jarrets et sans tes hanches ? Que sera cette vie sans toi et sans mon gamin que je retrouve le soir autour de la marmite de manioc ? Reviens, mon épouse. Jésus a dit laissez les morts s'enterrer entre eux mais toi suis-moi.
Titiky-tien.

Je t'en veux à mort, Balahazo. J'en veux à tous ceux qui entravent le bonheur des gens en les liant au *kily*[5] défeuillé que les criquets eux-mêmes dédaignent. Tu n'es pas paralytique, tu refuses de marcher. Tu n'es pas aveugle, tu refuses de voir. J'ai compris que la vie ici-bas est courte. Trop courte pour qu'on la gaspille à préparer exclusivement l'au-delà. Je refuse de donner cinq zébus pour participer à ta mise en terre ; tu en avais trente au moment de ta mort. Ils

---

[4] Kossovo : camions militaires tous terrains réformés après la guerre du Kossovo, revendus à Madagascar à des civils.
[5] Kily : tamarinier.

auraient largement suffi pour t'enterrer décemment et te bâtir un magnifique tombeau pour ton repos éternel. Mais non ! La mise en terre est l'affaire des proches qui s'acquittent ainsi des obligations non honorées du vivant de l'aïeul : soins, nourritures, vêtements. Tu aurais pu te bâtir une maison, manger mieux, vivre mieux avec ton petit cheptel. Mais non ! Les vivants n'habitent pas sous la pierre, mais les morts.

Moi, je dépenserai désormais mes sous à soigner correctement mon épouse, mon fils et moi-même. Dès que j'aurai fini de payer le pousse, je mettrai de l'argent de côté pour construire une maison en dur ; j'habiterai de mon vivant sous la pierre ; avant ma mort. J'enverrai mon garçon dans une bonne école, au lieu de l'affecter aux trousses ondulantes des vaches. Médecin il sera pour soigner vos hernies, vos hémorroïdes et tuberculoses, *nahoda* Balahazo. Commissaire de police ou gendarme il sera pour mettre en prison ses cousins *dahalo*, brigands de grand chemin et voleurs de zébus. Il mangera autre chose que des fruits de cactus, ou des tamarins enrobés de cendres de kily calcinés par les feux de brousse. Il dansera le *tsapiky*, le *kilalaky*, mais pas dans le sable de la dune où ses orteils déterrent des étrons. Mais dans un endroit décent. Il sera entouré de ses illustres invités venus des quatre coins du globe pour admirer la splendeur de son sud, de son île. Président de la République il sera. Il foutra à la mer tous ces rapaces qui ont vendu les meilleures terres pour se remplir les poches. Il chassera comme sangliers tous ces voleurs fainéants.

Une lettre de ma Mikea !

Salama.

Juste deux mots.

Je te croyais m'aimer aussi. Mais ma bouche se remplit de cendres de cactus calcinés en constatant que tu me préfères ton pousse-pousse. Ton pousse est désormais ta compagne. Ton pousse est désormais ton fils premier-né.

Boto a un nouveau papa, Mpagnarivo. Tu le sais mais je te le rappelle. Il lui a donné, non pas cinq mais vingt-deux zébus. Mon fils Boto n'ira pas à l'école toute l'année, mais seulement quand il voudra ; il suit déjà le troupeau. Il ne s'appelle plus Fitea. Amour. Amour de qui pour qui ? Il s'appelle maintenant Boto. Garçon. La tradition. La tribu. Le pays. L'Homme. Il en est fier. Il est heureux. A ma mort, il ne sera pas la souillure du clan, comme moi j'ai été une flétrissure à la face de mon père. Aujourd'hui je marche pieds nus, mais fière ô combien ! de pouvoir offrir à mon père une mise en terre décente, digne de ma race, d'un être humain. Une tombe qui coûtera à mon époux quinze zébus castrés, et qui lavera ton affront. M'élèvera au rang des êtres humains. Ma mère a séché ses pleurs. Elle recevra en cadeau de son beau-fils une chouette petite tombe, avec une gracieuse naïade sculptée sur la façade. La naïade que je redeviendrai, naturellement belle avec seulement mes cheveux lâchés dans mon dos, et mes orteils s'enfonçant dans le sable de la dune quand je rentrerai le soir de mon champ de patates avec une cruche d'eau sur la tête. Belle et respectée. J'ai appris que le *drala* des Vazaha, l'argent des étrangers, retourne dans la poche des Vazaha. Oh ! Qu'elle est belle la terre quand elle résonne et tremble sous les sabots de mille zébus !
Mais je vais te donner une dernière chance, mon époux chéri. Mets le pousse-pousse dans une parenthèse d'épineux. Acquitte ton devoir d'époux. Trouve les cinq zébus pour la mise en terre de mon père. Et je serai de nouveau à toi. Je viendrai les chercher avec mes frères.
Veloma Titiky. Adieu Titiky.

Comme je n'ai pas répondu à la lettre, je reçus une visite éclair de Mikea et de ses frères : un calvaire.
Les deux garçons attendaient quelques rues plus loin. Pas du tout disposés à discuter. Les cinq zébus pour ma

contribution à la mise en terre ou rien. C'est à dire, cinq zébus en échange de ma femme, ma douce Mikea.

- Comprends, Titiky. Si j'avais voulu les vingt-deux têtes offertes par Mpagnarivo, je n'aurais même pas pris la peine de venir jusqu'ici pour te parler. Je t'aime, et t'aimerai toujours.

- Mais ça ne t'empêche pas d'épouser le riche insolent.

- Mon père doit être mis en terre. Tu lui reproches d'avoir dilapidé son cheptel sans penser à son enterrement. Mais toi aussi, chéri ! Souviens-toi du *kat-kat*, du *kossovo*, de l'équipe de foot, les hôtels, les virées interminables. Tu étais millionnaire. Tu n'as pas pensé investir à ce moment-là que nous étions dans l'abondance.

- Et tes frères, qu'ont-ils apporté ?

- Les fils n'ont pas les mêmes obligations que les gendres. Ceux-ci doivent prouver leur amour et leur vaillance. Doivent mériter leurs épouses.

- Je t'ai montré que j'étais capable de te rendre heureuse !

- Avec mon aide, ne l'oublie pas ; j'étais la Danseuse de la troupe. J'ai apporté autant que toi dans notre « bonheur » passé. Maintenant, prends ta décision : ou tu trouves les cinq zébus – seulement cinq – que mes frères pousseront jusqu'au village. Dans ce cas, je resterai trois jours avec toi avant d'aller aux funérailles de mon père ; ou je rentre immédiatement avec eux.

Mikea partit avec ses frères.

Je suis allé aux obsèques de Balahazo.
Silence et puanteurs. Après-midi figé dans l'attente de la nuit qui apporterait un semblant de fraîcheur, mais aussi et surtout les festivités funéraires : chants, danses, luttes, joutes oratoires. Et plus particulièrement agapes. Beuveries.
Les chiens n'en pouvaient plus de se gaver. Au début, ils avaient pensé que la ripaille serait de courte durée.

D'habitude, ça se passait le jour du marché. Car deux, trois, parfois même quatre bœufs étaient tués, dont la viande était vendue aux forains, marchands et clients. Ces jours de foire paysanne, il suffisait de rester dans les parages des tables de fortune des bouchers, et le chien mangeait pour une semaine au moins. A la condition de tenir tête aux autres clébards venus eux aussi profiter de la manne. Mais aujourd'hui, les pauvres toutous n'en pouvaient plus. Ils n'étaient pas habitués à la bombance, et celle-ci se prolongeait. Une cousine vivant en France mariée avec un *vazaha* racontait un jour que là-bas, le superflu était jeté par camions entiers. Le trop-plein était jeté aux ordures. Des fleuves de lait sont déversés dans les rues, soi-disant pour protester contre une baisse de prix à la vente. Ici, nos litchis pourrissent sous les arbres quand ils ne sont pas emportés par les cyclones. Téléviseurs, chaines hi-fi, téléphone portables, gazinières, réfrigérateurs, il suffisait de se baisser pour les récupérer devant les portes des gens, là-bas. Et ils viennent étaler leurs ventres et leurs couennes chez les gens exotiques qui crèvent, en se pavanant avec les jeunes nubiles, filles et garçons de ces derniers.

Certains clébards se couchaient à proximité des détritus, juste par esprit de possession, mais le cœur n'y était plus. Leurs côtes saillaient autour de leurs ventres distendus. Ils oppressaient.

J'enjambai des peaux qui en temps normal auraient été récupérées en vue d'autres usages et consommations. Je marchai dans un gros tas de riz jeté car non consommé par un peuple gavé de viande de zébus et d'alcool.

Mon arrivée, bien qu'en milieu d'après-midi, passa totalement inaperçue : aucun coup de fusil, aucun chant, aucune lamentation, pas même un aboiement de chien. J'étais rien. Personne n'est venu m'accueillir à la descente du taxi-brousse. J'avais pourtant payé très cher ma place « devant », à côté du chauffeur. Coincé entre un bonhomme en pardessus – par trente-huit degrés à l'ombre – et son beau-frère imbibé d'alcool. Sans doute de riches paysans qui venaient de vendre des zébus. Leurs bagages étaient des bonbonnes de rhum.

Personne ne me fit entrer. Je me tins devant la porte d'une case encombrée de dormeurs qui cuvaient leurs *tôka*[6] de la nuit.

- Je vous salue.
- Pareillement.
- Comment allez-vous ?
- Salama.

A ce moment surgit derrière moi l'homme au pardessus de tout à l'heure, son acolyte puant l'alcool lui collait aux basques.

- Salut, toi, me lança-t-il.
- Salut, toi aussi.
- Quelles nouvelles apportes-tu ? me jaugea-t-il.
- Aucune, à part celle que tous connaissent déjà : Balahazo est décédé et va être mis en terre.
- En effet. Tous connaissent. La mise en terre aura lieu à la pleine lune. On a attendu plusieurs mois son gendre qui devait contribuer avec cinq zébus. Mais le voyou préfère s'acheter un pousse-pousse et rester à Toliara. Sa femme a été récupérée par la famille. Puis donnée à quelqu'un d'autre.
- A qui ?
- A l'homme qui te parle.

Je mis ma main à mon poignard.

Les dormeurs étaient tous réveillés maintenant. Couteaux tirés. Regards mauvais. Ma chance de survie était très mince. Mourir en homme. Tant qu'à perdre Mikea et Fitea, autant tout perdre. Plutôt non. Non ! Garder mon sang-froid. Voir d'abord Mikea et entendre sortir de sa bouche ce que son ventre mijote.

---

[6] Tôka : boisson alcoolique.

Je sortis de la case, en nage. J'ai trouvé refuge dans un bosquet de cactus, sur une dune de sable. Plus bas, le village se réveillait avec la tombée de la nuit. La ripaille se préparait. Les femmes rallumaient les feux. Les hommes amenaient des quartiers de viande. Les jeunes gens dételaient les zébus des chariots citernes ; ils étaient harassés par une journée de marche pour un aller-retour au plus proche point d'eau. Corvée d'eau. Pays de la soif. Pays de cactus. De mangeurs de cactus.

Mon ventre vide se manifestait de temps en temps par des miaulements étouffés ; mais en bon enfant du pays, j'ai appris à maîtriser les crampes de mes viscères et leurs nœuds.

Je me suis mêlé à des jeunes gens autour de grillades à faire pâlir les banquets du roi Salomon. Les conversations allaient bon train.

- Rebiby, surnommé Mpagnarivo (le riche) a réalisé l'affaire de sa vie en rachetant la jeune danseuse.
- Elle dansera désormais sur le matelas du riche propriétaire. Avec toute l'expérience qu'elle a accumulée en ville, le vieux polygame ne chômera pas.
- Vieux ? Il n'est pas si vieux que ça. Je pense qu'il oubliera bien vite ses trois autres épouses.
- Oui, et du coup la petite citadine ne connaîtra pas une vieillesse courbée sur une canne.
- Non mais vous dites n'importe quoi : Rebiby n'a d'yeux et d'oreilles que pour elle. Il saura la protéger. Moi, je pense plutôt que c'est la petite qui matera ses vieilles mégères de co-épouses.
- Mais allons regarder la lutte. Ce soir Tanjake-la-brute affronte Vorombe-l'aigle, ça va chauffer. Moi je parie pour Vorombe.

Leurs voix se fondirent dans l'obscurité.

J'avalais chaque bouchée de viande grillée comme du verre pilé. Mais où est Mikea ? Que fait-elle ? Comment a-t-elle pu accepter un marché pareil ? Je pensais qu'elle était capable de dignité. Vendue aux enchères comme un zébu ! La vache ! J'aurais pu emprunter des sous à l'Amicale de Tireurs de Pousse. L'ATP m'aurait prêté sur gage bien que je ne sois pas adhérent. Moyennant un intérêt exorbitant, bien sûr. Survivre en mangeant des cactus toute sa vie pour une belle tombe entourée d'une forêt d'*aloalo*, ces statuettes de bois sculptées. Non. Mais un sacrifice pour récupérer ma Mikea et mon Fitea. Je suis prêt à tout.

Des lutteurs sans expérience chauffaient déjà l'aire de combat quand je suis arrivé. La lune creusait les traits, enfouissant les yeux dans les visages. Les tambours battaient. Les femmes chantaient. Moi, je scrutais les têtes. Mikea. Fitea. A ce moment précis j'aurais tout donné pour les avoir à mes côtés en regardant les combats. Mon petit garçon juché sur mes épaules, ses jambes battant mon buste, ses petites mains chaudes serrant ma tête, ses doigts agrippés à mes cheveux. Ma tendre Mikea accrochée à mon bras, tantôt crispée, tantôt relaxe, selon l'intensité des luttes et l'identité des lutteurs.

Vu l'importance du rassemblement, tous les villages disséminés dans un rayon de vingt kilomètres devaient être venus aux funérailles. Les combats intéressants ne commençaient que plus tard dans la soirée. Je me faufile entre les spectateurs, passant de groupe en groupe dans l'espoir de tomber sur ma femme ou sur mon garçon. Ou du moins avoir des informations qui me rassureraient. La foule continue à gonfler. Démesurément. Inhabituellement. Le maigre cheptel de Balahazo n'aurait pas permis des obsèques d'une telle exubérance. Avait-il été un personnage influent ? Pas à ma connaissance. Il doit se préparer un événement. Effervescence. Mouvement houleux de foule à l'approche d'un groupe. Un homme muni d'un mégaphone entre dans l'aire de lutte. On fait silence.

Longoko. Mes amis. Ce soir, grâce aux largesses de Mpagnarivo, le nouveau mari de Mikea, fille de ce village, nous aurons pour agrémenter

cette soirée en l'honneur du défunt Balahazo, la visite du géant Remihaja et de ses danseuses.
Ovations de la foule.
Je vous prie d'accueillir comme il se doit notre honorable bienfaiteur, j'ai nommé Mpagnarivo, nouveau gendre du défunt.
Ovations. L'homme au pardessus ! Le dénommé Mpagnarivo s'empare du mégaphone.
Longoko, mes amis. Pour marquer mon entrée dans la famille de Balahazo en épousant sa fille, j'offre encore un bidon de rhum pour euh ! arranger notre fête. Balahazo aura des funérailles dignes de sa fille qui a fait mon bonheur en me disant oui. Et un deuxième baril de rhum pour le jeune garçon qu'elle introduit dans mon nouveau foyer, Fitea son fils qui s'appelle désormais Boto. Et ce soir, pas de rhum vulgaire, mais du Dzamandzar, de l'authentique Dzama fabriqué chez nos cousins sakalava là-bas à l'extrême nord de notre Grande Ile. Que la fête continue.

Non, c'était trop. Je me rue dans l'aire de combat. Les ovations s'arrêtent net.
« Nos coutumes n'interdisent pas qu'un mari bafoué défie son rival à la lutte. Je défie donc mon rival Mpagnarivo en lutte traditionnelle. Ce ne sera pas pour la possession de Mikea, puisqu'elle a déjà fait son choix ; c'est juste pour l'honneur. Histoire de voir si Mpagnarivo mon noble rival en a autant dans le portefeuille que sous le pagne ».

Où ai-je trouvé la force de parler aussi bien et de garder mon sang-froid ? Je m'étonnais.
La foule accueillit mon audace avec des acclamations. Voilà un vrai *nahoda.* Il n'a pas un bout de tamarin sec sous le pagne. Je parie pour lui. Non, c'est un insensé. Il repartira d'ici sur un brancard, la bouche pleine de sable…
A ce moment-là, le célèbre artiste fit son entrée. Remihaja. Impressionnant. Une taille hors normes. La voix qui rebondit de colline en colline. Son violon paraissait

minuscule. Champion national toutes catégories de lutte traditionnelle. Et ses filles : belles monstre. Le délire.
Nous allons exécuter un numéro de démonstration. Une belle surprise vous attend. En l'honneur de l'amitié sans faille qui me liait et me lie toujours avec le défunt, j'ai recruté une danseuse dans son propre village. Tambours !
Il effectua de complexes figures en se dirigeant vers le milieu de l'aire. Une fois là, il commença à jouer de son violon. Mais quand il déclencha les chants, la foule vibra ; l'air saturé de poussière frémit, les gens trépignèrent des pieds. Bientôt l'émotion était à son faîte. L'idole du sud ne volait pas sa renommée. Ses répliques étaient reprises en chœur. Le Tioka atimo, vent du sud, bouscula vers l'horizon les quelques nuages qui encombraient le ciel. La lune noya la place. Les danseuses firent leur entrée. Après quelques martèlements, elles s'arrêtèrent brusquement, à la manière d'une maman qui se rend compte qu'en fuyant un cyclone elle a oublié son bébé dans sa case. Elles refendirent les rangées de spectateurs et ramenèrent en dansant une femme. Irréelle de beauté. Accueillie par un tonnerre d'applaudissements. Elle ne dansait pas, elle planait avec une grâce incomparable. Mon sang se coagula.
Mikea. C'était Mikéa.
L'homme au pardessus réapparut.
Quel honneur pour une danseuse professionnelle que de danser aux obsèques de son père. Je suis vraiment comblé. Non seulement, j'ai contribué à ce que mon ami Balahazo ait une tombe honnête, mais j'ai aussi permis à notre belle coutume de s'exprimer pleinement. Librement. Tout ceci parce qu'une fille du village a daigné tourner le dos à la folie citadine et à la délinquance, en embrassant la tradition de ses pères à pleins bras. Que la fête continue. Mais tout à l'heure j'ai reçu un affront de la part d'un vaurien qui attend le bon dieu pour le nourrir. Qu'il revienne là afin qu'on partage la viande tous les deux.

Qu'est-ce que mes feuilles sont en train de capter ? Cet épouvantail relève mon défi ? Il va lutter avec moi ? Je vais le

disperser afin qu'il n'effraie plus les enfants attardés par la corvée d'eau ! Non mais, il se prend pour qui ? Certes, le fric fracasse même le roc, mais c'est la jambe bien nerveuse qui terrasse l'adversaire. Je me jette sur le ring ensablé.
L'homme au pardessus ne fit même pas attention à moi. Il gourmanda la foule.
« Voici donc le garnement qui avait gardé en otage ma douce Mikea pendant des années. Je dis bien otage parce qu'il n'avait même pas une misérable queue de zébu pour honorer d'un semblant de dot la fille qu'il prétendait aimer. Ce soir, il me provoque à la lutte. C'est courageux de sa part, il faut le reconnaître. On a beau dire l'œuf ne lutte pas avec le roc. Mais s'il le fait, le roc ne tirera pas fierté de sa victoire. Moralité : notre coutume accepte que le lutteur provoqué se fasse remplacer par un de ses poulains. Le fric fracasse le roc ; le fric paie les couvertures afin que les varices de la jambe ne soient pas dévoilées. Je donne un jeune taureau fraîchement sevré à celui qui terrassera ce fanfaron ».
Aussitôt, quinze jeunes lutteurs se bousculèrent devant le riche paysan.
Celui-ci se mit à écarter ses neveux et petits cousins.
« Vous, vous êtes hors-jeu. Ceci est une affaire entre le fric et la coutume, d'une part, et la muflerie et l'indigence, d'autre part. Vous mes neveux, vous pourriez combattre uniquement pour l'honneur. Moi, mon honneur est à son faîte. Le fric fracasse le roc. La liasse terrasse l'insensé.
Dernière faveur, morveux, me jette-t-il à la face, je te laisse choisir parmi ces quatre combattants celui qui te remplira la bouche de bouse ».
Moi, j'étais courbé jusqu'à terre par le mépris. Mon *senge*[7] était couvert de fiente. Ma tête se liquéfiait dans mon dos en torrents glacés. Je bondis sur eux.

---

[7] Senge : l'honneur, la dignité.

♣ ♣

♣

Je gare mon pousse au bout de la rangée. Le plus loin du portail. Je suis le dernier arrivé. Le plus près du portail de l'hôtel trois étoiles, c'est l'emplacement réservé à Nahoda. L'« aîné ». Le « vieux ». Trente-cinq années de courses, une connaissance encyclopédique de la ville et de ses habitants. Il est propriétaire d'une armada de quinze pousse-pousse qu'il loue à la journée. Il tire encore et toujours, mais juste pour garder les jambes. Au bout de trente-cinq ans, on a ça dans le sang.

- Mon café au réveil, mon paquet de Gauloises et mes dix kilomètres de courses pendant la journée, mon demi-litre de gnôle pendant la sieste, et une de mes trois épouses pendant la nuit. Voilà ma ration quotidienne, aime-t-il à rigoler.

Une référence. Il avait démarré dans le métier à l'âge de quatorze ans. Expulsé de l'école élémentaire de son village suite à une course à pieds gagnée aux tournois nationaux contre le candidat officiel, il s'était dit : j'ai de bons jarrets. Je leur ferai gagner non des médailles mais des sous. Nahoda est notre doyen. Nous lui cédons la priorité.

J'ai pour lui un respect proche de la vénération. C'est lui d'ailleurs qui m'a vendu un véhicule à crédit, payable en huit mois, au lieu de six comme d'habitude. Si le vent ne tourne pas, je serai enfin propriétaire. Il n'y a vraiment pas de raison. Avec un conseil d'ami: « Si une autre déception te barrait la route, tuer ton cœur n'est pas la solution. Viens plutôt voir les *longo,* les amis ».

Il n'y a pas de risque que je recommence. Ils n'ont pas ménagé leurs efforts, ceux de l'hôpital, pour me faire dégurgiter les trente-deux comprimés de nivaquine, sans dépenser un seul centime. Pas la peine de claquer des sous en médicaments pour quelqu'un qui a choisi de mourir. S'il raidit les orteils, tant pis pour lui ; ça lui apprendra. Je suis debout aujourd'hui ; c'est l'essentiel. Nous autres, tireurs de pousse, on a sept vies, rigolait Nahoda.

Nahoda m'avait cueilli à ma sortie d'hôpital.

- Je viens te chercher avec un véhicule tout neuf. Il est à toi. Tu as perdu l'autre, avec ce que tu avais déjà avancé. C'est normal que tu recommences sur de bonnes bases. Je veux dire avec de bons pieds.

Avec de bons pieds pour moi, c'est sans femme ni enfant. Célibataire. *Dzangourake.* Comme la branchette qui se laisse emporter par le courant d'eau. Bien sûr, célibataire sans enfant, je ne suis pas pour autant à l'abri de la tyrannie villageoise. Mais au moins j'aurai la force de dire non, sans craindre qu'on prenne en otage ma femme et mes enfants.

Mon séjour à l'hôpital a été bref. Le temps pour l'équipe médicale de me faire éructer par tous les moyens les trente-deux comprimés de nivaquine que j'avais ingurgités pour tuer mon cœur. Il faut dire que j'ai eu beaucoup de chance malgré tout. Le collègue qui m'avait vu tomber a tout de suite trouvé ma cachette. Mes économies. C'était vraiment trop con de ma part. Après s'être servi royalement, il a eu la bonté de donner le reste à un médecin pour que celui-ci arrache de mes tripes la mort qui commençait à me révulser les yeux et à me faire baver noir. Je ne regrette pas cet argent. L'argent que l'on gagne doit servir à ça. Avant toute autre chose. En tout cas pas à financer la construction d'une tombe décorée d'*aloalo*, qui hébergera ton cadavre en décomposition avancée.

J'ai garé mon pousse dans le cercle. Nous sommes entre *dzangorake.* Célibataires sans enfants. *Mpamarake.* Les histoires cochonnes tarissent. Les jeux de cartes ne trouvent plus de joueurs. Je m'isole derrière le pagne tendu, recroquevillé sur la banquette passager de mon pousse. Je n'ai pas besoin de vérifier mes comptes. J'enregistre les recettes dans ma tête au fur et mesure. Je n'ai pas fait de dépenses aujourd'hui. J'ai ouvert un carnet au mois chez Mahasoa où je mange un plat de *sabeda* tous les matins vers dix heures. J'ai rempli ma bouteille d'Eau Vive à la fontaine publique. Je ne fume plus. J'ai deux vêtements de rechange sous la banquette ; il ne faut pas repousser les clients avec les odeurs des aisselles. Pas de factures à payer. Pas de téléphone portable, du moins pour l'instant. Tout bien réfléchi, j'irai solder mon carnet de bon chez Mahasoa demain ; pas de dettes inutiles. Je mangerai quand j'aurai de quoi payer.

Fermer définitivement la parenthèse d'épineux nommée Mikea. Oublier à jamais la raclée que les jeunes lutteurs m'ont flanquée au pays des cactus.
Payer le pousse d'abord et devenir enfin propriétaire.
Mon violon laisse un vide vertigineux entre mes doigts.
Je m'assoupis derrière le rideau de pagne, sur le siège passager de mon pousse-pousse.

♣ ♣

♣

Marvane posa son instrument qu'il avait gardé dans la position d'un joueur durant tout le récit. Ma tête tourbillonnait. Le vieux musicien, tranquillement, se roulait une cigarette dans un vieux morceau de papier journal.

Je reprends pieds sur terre. En tant que *Vazaha*, étranger à la peau claire, je ne comprends pas tous les arcanes de la mentalité du Malgache, malgré mes vingt années passées dans le sud.

- Mais dis-moi, Marvane, qu'est-ce que Titiky est allé fiche là-bas puisqu'il n'avait pas les cinq zébus pour sa contribution à la mise en terre de son beau-père?

- Toi, tu me dirais : un sursaut de fierté. Moi je te dis : il avait perdu pied au contact de la ville et ses miroitements. Les néons l'avaient aveuglé et noyé. Il espérait reconquérir sa femme et son garçon. Reconquérir son troupeau comme on dit ici. Mais il a tout perdu à nouveau, car l'argent gagné auprès des Blancs retourne dans les poches des Blancs.

Femme qui a des ouïes

Chaque fois que j'entre chez Marvane, c'est le même choc : le vertige du désordre ambiant, ma tête bourdonne de musique et de poésie. Mais en même temps, les odeurs. Et à chaque fois, je me promets de lui toucher un mot sur l'hygiène, la santé, avant de m'en aller.

- Imagine que quelqu'un vient te rendre visite.
- Ce ne sera pas la première fois, me rétorque-t-il, goguenard. Ce n'est pas moi qui vais chez eux avec ce que tu appelles ma saleté ; c'est eux qui viennent chez moi. Ce n'est pas une raison suffisante pour que je mette ma maison sens dessus dessous.

Encore une fois, il a raison. Cette crasse fait partie de lui. Que serait son chez lui si en arrivant le matin, je ne l'entendais plus depuis la rue fredonner avec une voix de femme ses histoires de maris cocus et de sous qui retournent dans les poches des *Vazaha.*
Comme ce matin.
Et le vieux musicien m'oublie pour des horizons voilés par les embruns, où résonnait jadis un chant mystérieux.

J'ai éteint le *lokanga*
Éventré le *gorodo*[8]
Lié les jarrets de tes filles aux yeux obstrués de tessons de calebasses peintes
De teintes étranges
Aveuglé les oreilles de tes enfants
Avachi tes guerriers à l'ombre famélique du *kily*
Jusqu'au renouveau
À la prochaine feuille verte

---

[8] Lokanga, gorodo : instruments de musique.

Au cri de la parturiente qui enfouira ses langes souillés au pied des palétuviers.

Un seul tabou
Un seul interdit mais que ta langue avinée a roté dans une calebasse de vin.
Un seul tabou
Un seul interdit : révéler l'origine de la mère de ton troupeau
« Femme qui a des ouïes »
Toi qui chantais au-delà des mers
Les chevilles graciles de tes filles chargées de cauris,
Leurs cous comme des *aloalo* aux pieds desquels tes doigts dévoués déposaient des offrandes éternelles
Agréables ;
Leurs seins palpitant au son du *langoro*
Toi dont la voix tonnait au ponant comme le roulement d'un tonnerre fuyant.
Tu m'as trahie.
Tes lamentations ne m'ont pas retenue
Tes pleurs ne m'atteignaient plus
Les langes souillés pourrissaient sous les palétuviers
Suivaient les enfants atteints d'un mal implacable
La mangrove est devenue leur tombe.
Les enfants-miens laissés vivants autour de ton aïeul comme pousses de bananiers
Me revenaient cadavres emprisonnés dans des pirogues sans balancier
Pour un voyage sans retour.
Et mes lamentations épouvantaient tes femmes pêchant dans les estuaires
Leurs nasses se remplissaient de cailloux et de vulgaires bouts de bois.
Éperdue je hantais les dunes nocturnes
Déferlais les vagues sur ses villages
Frappais de plaies purulentes les yeux égarés de ses bambins

Calcinais de mon ardente colère les feuilles de maïs à peine sorties de terre
Les pastèques se bourraient de sable
Les cactus se gorgeaient de fiel exécrable.

Tels étaient les chants quotidiens qui attiraient Sambo vers le large. Vers les profondeurs. Les gens le croyaient devenu fou. Moi, j'étais et reste persuadé que sa solution était là où il entendait les appels. L'origine ne trompe jamais. Le sang ne trahit pas.

Le véritable mariage se noue avec la terre de ses origines. Voir les choses de la même manière tous les deux. Réussir.

- Quel beau chant, Marvane ! Il m'a semblé déceler une profonde déception suite à un serment trahi. Sauf que là, si j'ai bien compris - je n'arrive pas encore à suivre les méandres de ta langue - ce n'est pas une fille qui l'appelle, mais une naïade. Tu crois comme beaucoup de gens ici qu'elles existent vraiment, les nymphes ? Que beaucoup d'entre vous en sont des descendants ?

- Ee. Comme Sambo.
- …
- Je vais te raconter l'histoire de Sambo.

Sambo a deux pays : celui de son père, la terre des dunes, des bushes et des cactus, d'un côté, et de l'autre celui de sa mère, le Grand Bleu. Mais lui, au lieu de répondre à l'appel du Grand Bleu, est allé chercher femme dans le pays des cactus. C'est comme s'il a traversé un enclos d'épineux. Maintenant, l'insondable le rappelle. Mais là aussi, c'est comme un grand bol de *katrafay*[9]. Mais il faut qu'il refranchisse les épineux dans l'autre sens.

Ankio, son grand-père, était pêcheur. En ce temps-là, le poisson était abondant. Les gens avaient de quoi manger. Les plus hardies des épouses allaient jusqu'à la capitale vendre du poisson séché. Ankio, jeune à l'époque, emporté par la vie facile, s'est adonné à l'alcool. Il lui arrivait souvent de prendre la mer en état d'ivresse. On le lui reprochait, mais il n'écoutait que son bol de *tôka*. Tu sais, la pirogue n'obéit pas à la bouche qui pue le *tôka*. Quand il jurait, son crachat mélangé de *tôka* souillait son serment. Cependant, son embarcation ne revenait jamais vide.

Un matin, il rentre tout bouleversé. Et sa pirogue est remplie à ras bord des plus beaux poissons. Sa mère et ses tantes se précipitent sur la pirogue abondante. Les hommes consultent l'*ombiasy*[10]. Ankio reste muet, comme hébété ; le sorcier lui fabrique une mixture pour lui délier la langue.

- Pour le désenvoûter, en quelque sorte ?
- Ee. Mais rien n'y fit.

Quand la fièvre le quitta, il reprit sa pirogue. Seul malgré la réprobation des siens. Le lendemain, il ramena encore plus de poissons que la première fois. Intrigué, les jours suivants, son frère le suivit de loin pour tenter de voir et de comprendre. Ankio a su déjouer la filature, et revint le jour suivant avec encore plus de poissons. Sa mère qui était veuve, au fil des jours se constitua un cheptel : chèvres, moutons, zébus. Achetait des terrains. Tu imagines sans peine que sa famille s'élargit rapidement. Démesurément. Il y avait à manger pour tout le monde. Là n'était pas le problème. Le problème était qu'il refusait toutes les filles qu'on lui présentait. Il était comme obsédé, tout le temps amené ailleurs où ses yeux seuls poursuivaient une présence.

---

[9] Katrafay : plante très amère, dotée de vertus médicinales.
[10] Ombiasy : sorcier, devin, astrologue, féticheur.

Il semblait courir après une vision. Les gens ne comprenaient pas. En quelques années seulement, il est devenu l'homme le plus riche de la région, et il n'avait pas trente ans.

Un jour, des traces étranges étaient visibles sur le sable de la plage, comme celles d'un animal inconnu qui se traînait en direction du village. Des empreintes qui restaient plusieurs semaines durant. Ce jour-là, on a découvert une femme dans la maison d'Ankio. Très belle femme. Elle ne ressemblait à aucune femme du pays. Tu sais, ici on peut situer facilement les origines des gens : Masikoro, Tanalana, Vezo, Sakalava, Tandroy, Tanosy, Bara, Mahafaly. Rien ne la rapprochait de l'une ou de l'autre de ces ethnies, ni sa physionomie, ni son parler. Une étrangère. Pire, une femme venue d'un autre monde. Monstrueusement belle. Une belle monstre. Ses cheveux pouvaient lui couvrir entièrement tout le corps sauf les jambes, comme une toge. Elle ne sortait jamais. Ankio fit clôturer de cactus et d'épineux la case qu'elle occupait. De sorte que personne, ou presque, ne pouvait la voir. Et ceux qui avaient la chance de l'apercevoir restaient marqués par sa beauté incomparable. Ankio employait maintenant plusieurs pêcheurs. Ne descendait vers l'eau que de loin en loin. Le poisson abondait. Le village prospérait.

- Comment s'appelait-elle ?
- Ankio voulut qu'on l'appelle Ampela.
- Femme.
- Ee.

Il était harcelé de questions. D'où elle venait. De quelle ethnie. Pourquoi elle ne sortait jamais. Pourquoi Ankio ne touchait plus à l'alcool. Le jeune homme devenu riche et respectable restait hermétique. Elle ne se lavait qu'avec l'eau de mer. Il fallait en remplir quotidiennement une grande pirogue adossée à la case. Elle lui donna trois enfants : d'abord une fille, Riake[11], puis un garçon, Sambo[12], puis

[11] Riake : océane.

encore une fille, Onja[13]. Trois enfants, des terres à perte de vue, un gros cheptel. Bien évidemment, ses filles étaient les plus belles et les plus convoitées. Les plus riches propriétaires venaient proposer des alliances aguichantes avec Ankio. Il refusait. Non pas lui mais sa femme.
Sa fille aînée commençait à bourgeonner du buste. Le puîné gambadait sur les dunes avec les bouviers de son père. La benjamine déhanchait ses premiers *kilalaky* avec les autres gamines sous le tamarinier, au son du *kabôsy*[14]. Très jeune, Sambo, s'avérait excellent dans l'art de jouer du *kabôsy*.
La chose arriva.
Depuis des mois Ankio était d'une mélancolie ! Il succomba à l'alcool. Un soir, il tituba des pas avinés vers l'enclos d'épineux. On entendit quelques éclats de voix. Puis le calme tout le reste de la nuit.
Le lendemain, on rejoignit Ankio éperdu de douleurs sur la plage. Son petit garçon sous son bras. « Ampela est partie », ne cessait-il de gémir. Les empreintes bizarres étaient à nouveau là qui partaient de la case clôturée d'épineux. Toute la semaine, les gens venaient de toute la région pour les voir. On en parlait à la radio, à la *tilèvèzio*, dans les *gazety*.
Ampela est partie.
Ce soir-là j'avais bu. Depuis quelque temps, j'avais recommencé à boire. Ampela désapprouvait. « Le tôka fait oublier les serments ». Elle avait accepté de devenir mon épouse, mais à cette seule condition : que je ne dise jamais, à qui que ce soit, pas même à elle : « femme qui a des ouïes ». J'ai accepté. Elle était belle monstre, comme vous ne pouvez pas concevoir. Je la voulais tout entière, toute ma vie. Quelque temps auparavant, elle m'indiquait les endroits les plus poissonneux. Je remplissais ma pirogue. Puis on restait longtemps sur un rocher, dans un endroit connu d'elle seule.

- *Comment l'as-tu rencontrée ?*

---

12 Sambo : bateau, embarcation.

13 Onja : vague.

14 Kabôsy : petite guitare traditionnelle.

Je ne sais plus. Il m'arrivait de me sentir comme épié. Je percevais comme un regard acéré dardé sur mon dos. J'avais des frissons. Des sensations bizarres. Quelquefois j'entendais des chants étranges. Comme venus des profondeurs du Grand Bleu. Alors je prenais tout le poisson que je voulais. Une nuit, elle m'apparut. La lune était pleine. La mer calme. Elle surgit de l'eau juste là devant ma pirogue. Une vision à vous rendre fou pour le restant de votre vie. Elle m'apparut encore la pleine lune suivante, plus belle que jamais.

- *N'aie pas peur, je veux être ton amie.*

Ma surprise fut plus grande encore de l'entendre parler. Mon amie ? Mais comment ? Pourquoi ? Tu es beau, tu sais. Et moi je suis seule. J'ai envie de voir autre chose. De vivre ta vie, dans ton village. Si tu m'acceptes, je te ferai très riche. Je te donnerai des enfants, les plus beaux. Saisis ma main, fais-moi monter dans ta pirogue. Je la hissais interminablement dans mon embarcation, tellement ses cheveux étaient longs. Elle s'assit sur le bras du balancier, la pirogue était remplie de poissons. Ses cheveux la couvraient presque entièrement. Elle n'avait pas de pieds, mais une grande nageoire. « Ampela managn'isa », pensais-je ahuri. Femme qui a des ouïes. « Ne prononce jamais ce mot. Jamais. Jure-moi que tu ne diras jamais ça ». Je jurai sur la lame de la hache.

Elle me suivit. Je la traînai difficilement sur le sable de la plage. Puis je la portai vers ma case.

J'étais heureux.

Mais, au fil du temps, je sentais l'ennui gravir les pentes de mon cœur. Ampela cuisinait toujours sans sel. Les soirées bien arrosées de tôka avec mes copains me manquaient. Je voulais aussi l'exhiber pendant les fêtes, or elle n'avait pas de pieds, mais une grande nageoire caudale comme les poissons. Etait-elle vraiment belle ou seulement différente ? Les cheveux interminables. Le teint bistre. Le corps souple comme une anguille. Les yeux de la limpidité de l'aube et qui lisent au tréfonds de toi. Oui elle était belle. Pas seulement différente. Belle monstre.

Je rebuvais depuis quelque temps en cachette, en prenant soin avant de rentrer, de bien frotter mes dents avec du sable, puis de mâcher de feuilles de kily. Mais à chaque fois elle m'en faisait la remarque. Je buvais. Je trahissais mon serment. Je chevauchais, comme disent les gens d'ici, la lame de la hache. Tôt ou tard je me fendrais en deux. Un soir, excédé par ses reproches, je lui crachais qu'elle n'était pas parfaite non plus. Elle cuisinait sans sel. Elle m'astreignait à ses bains de mer quotidiens. Je ne pouvais même pas la montrer.

- Dans ce cas, puisque tu en as marre de moi, ramène-moi chez les miens.

- Vas-y toute seule, tu connais le chemin. Va-t-en chez les tiens, femme-qui-a-des-ouïes.

Elle fut comme pétrifiée. Je pensai qu'elle ne partirait pas. Qu'elle en était incapable. Je l'avais portée vers ma case le premier jour. J'oubliai à ce moment précis que c'était elle au contraire qui m'avait enrichi. Qu'elle n'était pas une femme achetée avec une dot. Qu'elle avait des pouvoirs surnaturels dans le Grand Bleu et sur la terre ferme.

Elle sortit au milieu de la nuit avec les trois enfants ivres de sommeil. Moi le tôka m'avait enfoncé dans l'inconscience. Tôt le matin, on vint me réveiller. Mon gamin pleurait sur la plage.

- Maman est partie dans l'eau avec mes deux sœurs.

- Toi aussi tu sais nager. Tu nageais avant de marcher.

- Oui, mais il fallait rester tout le temps sous l'eau. Mes sœurs ont respiré normalement sous l'eau. Moi, j'ai suffoqué. Maman m'a ramené en disant tu es pour ton père ; les deux filles sont pour moi.

Marvane se roule une cigarette dans un morceau de papier journal. Un fil était tendu dans un angle de la pièce. Il portait une dizaine de feuilles de tabac qui séchait tranquillement. Je le laisse dans sa méditation. Je respire stoïquement la fumée âcre qu'il souffle vers moi sans penser qu'elle m'incommode. Ce moment est sacré.

Les larmes d'Ankio empoisonnèrent le Grand Bleu. Le poisson a disparu. Les pêcheurs migrèrent vers le nord. Les troupeaux furent décimés par des épidémies. Les *dahalo*, voleurs de zébus, se servaient. Les criquets s'abattaient sur les plantations. Le *kéré* s'installait pour longtemps. Les derniers fous de propriétés foncières partirent. Les terres changèrent de propriétaires.

Je vois venir ta question. Ee. Le petit garçon d'Ankio, Sambo, suivit une tante avec un maigre troupeau de chèvres. Aucun autre parent ne voulait de lui. Il renia lui aussi le Grand Bleu. Devenu adulte, il se maria avec une Tandroy. Il marcha, un jour de malchance, sur un aiguillon de raie. Il mourut des complications de sa blessure cependant que sa femme attendait deux enfants jumeaux. L'un fut appelé Sambo comme son père. L'autre, Tavandrae, ce qui veut dire Celui sur qui on peut compter. Une façon de conjurer un possible mauvais sort. Le spectre de l'aïeule à la langue salée, Ampela, était encore dans tous les esprits.

- Dis-moi, Marvane, s'agirait-il de notre Tavandrae, Tava qui est dans ma maison depuis quinze ans ?
- Ee. C'est bien de lui qu'il s'agit.

- Wow, Marvane, quelle histoire passionnante ! Tava, un descendant de sirène ! Laisse-moi me ressaisir. Donc, Marvane, notre petit Tava à nous est écartelé entre le Pays des dunes, celui de son grand-père d'une part, et le Grand Bleu, patrie de sa grand-mère, d'autre part.
- Ee. Une sombre amertume le taraude.
- D'accord, mais ce que je ne comprends pas c'est qu'entre les cactus et les flots, il y a le *kabosy* et le *lokanga*. La musique, il l'a dans le sang. Il peut négliger les mangeurs de cactus, il peut mépriser les enfants des profondeurs. Mais il ne peut pas briser ses instruments et rompre avec la musique. Il reproche aux uns de vivoter afin de se constituer un cheptel qui célèbrera leurs funérailles ; aux autres de dilapider leurs sous dès qu'ils en trouvent, tout simplement ; ça c'est le sang des ancêtres.
- Ee. On ne chasse pas les moineaux destructeurs de récoltes en leur lançant des pièces de monnaie. Il est persuadé qu'il n'est pas fait pour être riche. Une malédiction serait attachée à son portefeuille. Certes, il pourrait reprendre le *kabosy* et renouer avec la vie. Mais tôt ou tard, la langue de la hache perfide viendrait percer la bourse. Il

n'aurait pas d'obsèques selon la tradition à sa mort ; de son vivant, il n'habiterait pas non plus dans une maison en dur. Il est descendu des dunes de sable hérissées de cactus, mais ses talons gardent une épaisse couche de poussière et de bouse. Toutefois, le *kabosy* n'est pas tout. Je suis sûr qu'il lui faut quelque chose en plus.

Le vieux musicien observe un moment de silence grouillant de souvenirs. Puis il reprend comme pour lui-même.

- Ee. C'est bien ça. Il lui faut une cérémonie rituelle de désenvoûtement. Tant que son aïeule Ampela, la fille des eaux, n'aura pas craché sur ses propres imprécations d'antan contre Ankio le mari parjure, la malédiction s'attachera aux descendants de ce dernier comme le pagne entre les jambes du bouvier : la mort seule l'en libérera.
- Comment cela sera-t-il possible, tous les deux sont morts depuis belle lurette ?
- Les morts ne sont jamais morts.

La fête des crachats

Durant une grande partie de la nuit, Marvane joua pour nous sur la plage. Moment magique où le chant de l'instrument était par endroits comme livré par les flots, jailli du tréfonds du Grand bleu. « Nous sommes ce soir en famille, nous souriait-il de ses dents jaunies par le tabac brut ». Certes, moi j'étais en famille : ma femme Natacha qui ne m'avait jamais quitté depuis vingt ans que nous nous étions établis dans le Sud ; ma fille Marion qui passait ses vacances avec nous en ce moment. On peut compter aussi Tava et Soa, un jeune couple tandroy qui vit avec nous depuis une quinzaine d'années, qui avait élevé notre fille. « Nous sommes ce soir en famille » nous répétait le vieux musicien. Oh ! Si seulement cela pouvait être vrai ! Se réaliser enfin !
Il faudra que je trouve un moyen de le récompenser sans qu'il se fâche, pour tout le mal qu'il s'est donné en nous gratifiant de cette soirée inoubliable.

- La rancœur est un abcès qui ronge le foie. Et quand le foie est pourri, tous les autres viscères sont altérés.
- C'est la pensée du jour, Marvane ?

Non. C'est par rapport à la famille-mienne. Ma mère, mon village…

- Je suis tout ouïe, mon ami. Sans toutefois être une « femme qui a des ouïes ».

Un rire inextinguible salua cette boutade, rire curieusement poussif pour un chanteur à la voix aussi pure que celle d'une jeune femme. Mes conversations avec Marvane se sont toujours faites en *masikoro*, un des dialectes du sud de Madagascar.

- Qu'est-ce qui te fait rire, Marvane ?
- Ce qui me fait rire ? hoqueta-t-il entre deux larmes. Tu as mal prononcé le dernier mot. Tu as dit « *ampela managn'isy* » au lieu de « *ampela managn'isa* ».

J'ai dû rougir comme un piment, puisque le vieux musicien coupa brutalement son hilarité, voyant ma gêne. Heureusement qu'on n'était que tous les deux, les autres étant partis acheter des provisions. Ce qu'évoque en effet le dernier mot fautif en question « *isy* », toutes les femmes en possèdent un ; tandis que le mot que j'ai voulu dire mais que j'ai loupé « *isa* », ouïe, seule la femme du conte en est pourvue.
Un long silence. J'ai appris à respecter ces moments, chez Marvane. Il roule sa cigarette dans un morceau de vieux papier journal, je sais ce qui est mélangé à son tabac, il fume en soufflant sans bruit sa fumée âcre. Il tousse. Éternue.

- Viens on va marcher.

Il marcha un moment sur le sable ferme, moi à ses côtés, puis s'accroupit, les genoux presque à la hauteur du menton, comme quelqu'un qui fait ses besoins. Normalement, c'est là qu'il pond une idée lumineuse, ou un morceau inédit. Curieusement, rien ne vient. Il me paraît plutôt dans l'expectative, le regard abîmé dans le ciel sans fond, mais tous les sens en alerte. Je compris que s'il adoptait la posture de la palabre, c'est qu'il voulait parler.

- Vazaha[15], quand les autres seront là, j'aurai à vous parler.

Inutile de le brusquer pour avoir les prémices de ce sujet très important, à ne pas en douter. Attendre patiemment que les autres arrivent.
Ma femme, Natacha, est polynésienne. Elle est heureuse depuis que nous avons jeté l'ancre dans ce sud malgache où les femmes lui ressemblent comme mangues d'une même grappe. Un jour, un jeune couple se présente chez nous pour « faire des journées » : jardinage, lessive – on n'avait pas de lave-linge à l'époque, ni aujourd'hui d'ailleurs – gardiennage, garde d'enfant. Puis les journées sont devenues des

---

[15] Vazaha : étranger à la peau claire ; occidental.

mensualités. Ils travaillent chez nous depuis quinze ans maintenant. Ils ont élevé notre fille qui avait deux ans au moment de leur embauche définitive, comme une enfant sortie de leurs propres entrailles. La femme, Soa, était elle-même comme la grande sœur de notre Marion. Elle avait environ seize ans à l'époque. Elle a appris à parler français avec Marion. Et avec Soa, Marion a appris non seulement les dialectes *tandroy* et *masikoro*, mais aussi les chants, les danses, et beaucoup de choses précieuses qui, une fois qu'on les a comprises, font qu'on aime un peuple. Le mari, Tavandrae, Tava pour simplifier, n'était guère plus âgé. Il voulait autre chose que manger des cactus ou tirer un pousse-pousse. La nature l'a gratifié d'une voix de ténor incomparable. Soa n'était pas moins gâtée non plus. Tous deux étaient choristes, et nous venions les écouter avec un réel plaisir dans leur église. Les chants dans les églises malgaches, et plus particulièrement dans le sud, c'est un événement à ne pas comparer avec nos églises occidentales. Enfin… Malheureusement, ils n'ont pas eu d'enfant. Ce n'est pas faute d'avoir essayé : boire des tisanes infectes, répéter des incantations jusqu'à extinction de voix, égorger des cabris, souffrir des massages, sans oublier la médecine moderne, enfin ce qu'on pouvait faire dans la ville de Toliara. A trente-deux ans, tout est encore possible, mais le jeune couple y pense de moins en moins souvent. Et lorsqu'on aborde ce sujet avec eux, ils évoquent une vague malédiction qu'aurait proférée une certaine Ampela, arrière grand-mère de Tavandrae à l'encontre de son mari, un certain Ankio. (voir *Femme qui a des ouïes*, dans le même recueil)

Le mystérieux musicien Marvane, le jeune couple malgache Tava et Soa, puis notre fille Marion, c'est là notre famille à Natacha et moi. Enfin, nous les considérons comme en faisant partie. Ce serait notre plus beau cadeau du sud malgache.

Ces gens simples, qui ne connaissent pas la déprime, farouchement attachés à leurs traditions, seuls biens dont on cherche encore à les dépouiller aujourd'hui, nous ont réappris à nous étonner des petites choses. Depuis qu'ils nous ont adoptés, je ne dis plus je connais déjà. Ma visite quasi quotidienne chez le vieux Marvane - il ne m'a jamais révélé son nom, alors je lui ai donné le nom de son instrument dont il joue si merveilleusement, *marovany* déformé à la française– m'a fait découvrir ma petitesse. Les enfants de mon Occident murmurent tout le temps la bouche pleine ; ce peuple-ci sourit et chante en se contentant d'une patate grillée le soir. C'est ce qui fait sa beauté et sa dignité. Son *senge.*
Les autres reviennent enfin. La nuit creusait un gouffre sans fond dans la voûte. Natacha portait sur sa tête, pareille à une femme du pays, un grand panier garni de victuailles : *bokoboko*, baguettes, ananas, bananes. Soa serrait entre ses seins comme un bébé une bouteille thermos remplie de café brûlant. Leurs pieds nus labouraient de chapelets informes le sable tiède et humide. Radieuses. Incroyablement ressemblantes malgré les milliers de kilomètres qui séparaient leurs pays d'origine ; comme mère et fille. Natacha, la Polynésienne déposa le panier. Soa, la Tandroy[16] défit son paréo, l'étendit par terre, ne gardant que son maillot de plage. Les aliments furent placés au milieu de la natte improvisée. Tava arriva nonchalamment après. Maintenant, nous étions à nouveau réunis tous les cinq, non plus autour du feu, mais autour du pagne de Soa. Celle-ci dévissa le double couvercle de la thermos pour nous servir du café, à commencer par Marvane, puis moi. Ensuite Tava. Après lui, Natacha bien que plus âgée que lui, puis enfin, Soa la benjamine du groupe. Les hommes d'abord, à commencer par le plus âgé ; les femmes ensuite. Le breuvage brûlant me fit du bien.

---

[16] Tandroy : Malgache originaire de l'extrême sud de Madagascar.

Le vieux musicien me lança à brûle-pourpoint :

- Partage avec nous ce que tu as dans la bouche, Vazaha.

- Moi ? fis-je, interloqué.

- Ee, iha. (Oui, toi)

Comment a-t-il pu deviner que j'avais besoin d'avouer? Bon, maintenant débusqué comme une bête, je ne pouvais plus reculer. Je m'accroupis sur mes talons, adoptant la posture de la palabre comme le mystérieux Marvane le fait. Je me raclai la gorge.

- Marvane, mon frère aîné ; Tava, mon garçon ; Soa, ma fille… Comment dire ? Natacha et moi, nous avons décidé de ne plus jamais quitter Toliara. Rester ici définitivement. Mourir ici. Etre enterrés ici. Voilà. J'ai tout dit.

En fait, l'émotion me coupait la gorge. Des fourmillements insoutenables me mangeaient les jambes et les pieds. Je m'écroulai sur les fesses, pas habitué à la posture de palabre. Personne ne rit.

- Ee. Je le sentais depuis longtemps, murmura Marvane. Moi aussi, j'attendais ce moment. Maintenant il est venu. Viens voir.

Il se leva, tituba quelques pas vers les vaguelettes qui venaient s'étaler sur le sable, s'aplatir en vénération au pied des dunes hérissées de cactus. Comme pour habiller d'une dentelle éphémère cette terre qui se dénude. Puis se tourna vers le Nord. Mit sa main en visière devant ses yeux.

- Vazaha, vois-tu ce nez de terre tout là-bas qui s'avance dans la mer ? C'est ma propriété. *Douzi kitara.* (Douze hectares) Vierge. Je te donne.

- Non, Marvane, non ! Je ne peux pas accepter que tu te dépouilles pour moi. J'ai de quoi payer. Je m'y étais préparé. Ton prix sera le mien. C'est impensable que tu me donnes douze hectares de terrain alors que tu n'as rien, ou presque. Non, Marvane, même si c'est un cadeau, je ne peux l'accepter. Tu m'as déjà honoré du meilleur cadeau du monde : ton amitié. Ce terrain me convient parfaitement, certes, mais je te paierai son prix normal.

Sans répondre, Marvane retourna s'asseoir au bord du pagne, où j'allai le rejoindre. Le petit-déjeuner se déroula dans un silence embarrassé. Une paisible satisfaction se lisait cependant sur le front rude comme l'écorce du *kily* du vieux musicien.

- Ton *drala* ne me servira à rien. Je n'ai personne, ni frères, ni sœurs, ni parents, ni enfants. Ma vie est derrière moi. Ce que je gagne en tant que gardien de nuit me suffit. Je te donne ce terrain avant qu'un grand du pays ne le prenne de force pour le vendre à un étranger.

- Raison de plus pour que je te le paie le prix qu'il vaut, ce terrain. *Drala mamaky vato*, aimes-tu à dire. L'argent fracasse même le roc. Tu en auras besoin un jour.

Pendant que je parlais, Marvane déboutonnait sa vieille chemise maculée d'années misérables. Larme, sueurs, sel, sèves, s'enchevêtraient dans des entrelacs de souillures, et de taches. Chaque peine a gravé dans cette chemise sa marque que le temps ne pouvait effacer. Il la roula entre ses pieds. Retira son sous-vêtement.

Soa se réfugia horrifiée dans l'épaule de Tava. Natacha étrangla un cri dans sa gorge asséchée instantanément. Tava enfouit son visage dans les cheveux ébouriffés de sa compagne. Et moi, j'étais subjugué par les larges plaques purulentes qui gravissaient le dos et la poitrine du mystérieux musicien. Bien que d'apparence superficielle et peu douloureuse, ces cicatrices offraient une image d'horreur surgie en droit file d'outre-tombe. D'où les arabesques imprimées sur le tissu de la chemise.

- Tu comprends maintenant, Vazaha. Pendant très longtemps j'ai attendu de rencontrer quelqu'un d'honnête, de noble et beau. Ce terrain est à toi. Tout ce que je te demande, c'est un coin où tu m'enterreras le moment venu. Cette fois-ci pour de bon. Car je suis un *mifoha maty*.[17]

♣ ♣

♣

Ifaty, une plage démesurée. Sans fin ni début.

Un feu de bois. Une cérémonie rituelle se déroule dans l'intimité. Seulement cinq personnes présentes.

Natacha et moi, mari et femme, pour incarner deux époux défunts mais qui jadis avaient été brouillés pendant leur vie terrestre.

Le jeune homme, Tavandrae, petit-fils du couple défunt, qui traîne la poisse pire que la lèpre, une fiente indélébile consécutive à cette brouille d'antan : il ne peut avoir d'enfants.

La jeune femme, Soa, épouse du jeune homme malchanceux, stérile car sur elle aussi rejaillit la malédiction qui frappe implacablement son mari, anathème résultant de la fâcherie du couple défunt.

Marion, ma fille remplace le public, la foule, la famille qui assiste à la cérémonie rituelle.

Enfin, le vieux musicien, peut-être sorcier, guérisseur, devin. Peut-être dieu. Marvane. Incomparable de grandeur dans ses presque guenilles. Je crois qu'il faut compter un sixième personnage : le silence sidéral, rythmé par le ressac, comme un souffle apaisant. Un silence stellaire saturé de présences, peuplé d'êtres invisibles. Des myriades de poissons d'argent s'échappaient des flammes pour se prendre au grand filet tendu dans la voûte inaccessible et y disparaître.

Le mystérieux musicien se mit debout. Majestueux, le front parmi les étoiles.

---

[17] Mifoha maty : mort vivant ; revenant, zombie.

« *Longoko*, mes amis. Je vous ai invités afin de participer à un rite, la fête des crachats. Le but est de libérer notre ami commun, notre enfant, Tava, de l'imprécation qui l'enfonce dans le sable encombré d'étrons. Afin de ne pas retourner la terre rouge[18], Tava, je ne déterrerai pas les épisodes de ta vie, que tu avais déjà proscrits derrière des barrières d'épineux, sous un tas de pierres. Je dirai juste que tu as fui les dunes de sable et de cactus qui t'avaient tout repris ».
Il se roula une cigarette dans un bout de papier journal. Soa sanglotait dans le cou de son compagnon tétanisé par la douleur de ces souvenirs.
« Le jour est venu pour toi de secouer cette carapace toute fissurée de poisse séchée afin de la faire tomber de ton dos. Dévoiler ton vrai visage. On ne déterre pas l'igname avec les dix doigts, me diras-tu. Alors, voici une bêche : un *lokanga*[19]. Un seul doigt ne peut écraser un pou ? Alors, tu as un autre atout : ta voix. Lève-toi. Prends ce *lokanga*. Joue. Je t'accompagne avec le *marovany*. »
Le *marovany* commença à s'égrener dans la nuit scintillante. Tava se mit debout, hagard, les doigts tremblants caressant le frêle violon. Posa son menton sur la hanche rebondie de son instrument bien calé sur son cœur, les yeux perdus vers la Grand Bleu. Les premiers sons étaient plutôt rauques, informes, crasseux. Le vieux l'encouragea du regard et d'un sourire. Alors, le *lokanga* s'envola. Sa voix claire monta à l'assaut de la voûte parmi les poissons d'argent.
Soa jusque-là indécise, reprit son pagne étendu à terre, se leva d'un bond et se l'attacha autour de la poitrine. Ses dents nacrées luisaient. Bientôt ses ahanements rythmaient la musique, palliant la pulsation d'un *djembé* absent. Ha ! ha ! hey ! … Ha ! ha ! hey ! Ses genoux montaient de plus en plus haut. Elle ne touchait plus le sable mou que de la pointe des orteils. Ses coudes s'écartaient de ses hanches folles. Natacha, Marion et moi, transportés, avions la nuque brisée

---

18 Retourner la terre rouge : remuer le couteau dans la plaie.

19 Lokanga : violon traditionnel.

à les regarder s'envoler. Au bout d'un moment assez long, voyant l'essoufflement bruyant de Soa, le vieux musicien cria *yyye-hé ! Aha !* pour marquer la pause. La danseuse redescendit sur le sable. Mais Tava, entré en transes, continua. Marvane l'accompagna quelque temps encore avec le *marovany*. Puis s'assit lentement après avoir posé l'instrument à même le sable. Il extirpa du sac en tissu traditionnel caché sous son aisselle une petite assiette en porcelaine, un flacon contenant un liquide incolore et un bracelet en argent. Il versa le contenu du flacon dans l'assiette, puis y déposa pieusement le bracelet.

Il se tourna vers moi, me fixa droit dans les yeux.

« Vazaha, *longoko*. J'ai besoin de toi pour incarner Ankio, l'ancêtre de Tava ; j'ai besoin de ta femme pour incarner Ampela, sa *ndzaraby*, son aïeule. Mettez-vous à mes côtés, l'un à ma droite, l'autre à ma gauche.

Seigneur souverain créateur, daigne descendre. Vous, toutes les divinités mâles et femelles, daignez tendre l'oreille. Toi, terre sacrée, toi, Bleu impénétrable, écoutez. Vous, mes vénérés disparus, venez. Venez vous désaltérer de mes actions de grâce. Venez prendre possession du mouton sacrifié pour vous honorer ».

Il se leva avec une agilité que je ne lui avais jamais connue, se dirigea vers les cactus qui faisaient la haie d'honneur sur la dune, derrière lesquels il disparut un court moment. Il revint bientôt portant un jeune mouton sur ses épaules. Avec une dextérité inattendue, il immobilisa l'animal, l'attacha, l'égorgea, recueillant dans l'assiette une certaine quantité de sang. Il en versa un peu dans le sable, puis dans la mer.

« Pour vous, esprits de cette terre des dunes. Pour vous, esprits des profondeurs du Grand bleu ».

Pendant tout ce temps, Tava jouait, la tête parmi les constellations, insensible à ce qui se déroulait à ses pieds.

Prenant Natacha et moi chacun par une main, le vieux musicien susurra.

« De son vivant, Ankio avait offensé Ampela au plus haut degré. Il avait trahi le serment proféré sur la lame de la hache de ne plus boire d'alcool et de ne jamais révéler la nature de son épouse. Celle-ci est retournée au fond des eaux avec sa blessure. Ankio a chevauché la lame de la hache retournée[20]. Il s'est fendu en deux. Sa blessure est inguérissable. La disgrâce rejaillit sur sa descendance. Seul ton crachat, ô vénérée Ampela, pourra remettre sa pirogue à flot, son troupeau au galop, et son violon au diapason du succès.
Vazaha, cette nuit, tu es Ankio, et ton épouse Ampela. Par amour pour moi, faites le crachat afin de libérer Tava de la malédiction. Ankio, *longoko*, (ce disant il me broyait les doigts dans sa main) prend l'assiette, porte-la aux lèvres de ton épouse. Ampela (s'adressant à Natacha), vénérée aïeule, saisis avec ta bouche le bracelet en même temps qu'une bouchée de sang. Récupère le bracelet avec ta main et le replace dans l'assiette. Maintenant, crache le sang dans le feu en répétant ceci :
« Ainsi je recrache toute l'amertume, toute la rancœur que j'avais gardées contre toi, Ankio. Entre toi et moi, désormais c'est l'harmonie. Les deux pans de la natte sont à nouveau recousus ensemble. Que tes enfants et les enfants de tes enfants soient bénis. Le feu qui détruit le crachat sorti de mes entrailles en ce moment même détruit aussi toute malédiction attachée à ma blessure d'autrefois ».
Natacha répéta. Nous nous exécutions comme des automates.
« Fini. Terminé. *Yé hé ! Aha !* ».
À ce moment précis, Tava redescendit sur terre pour recevoir du médius de Marvane une goutte de sang au sommet du crâne et au milieu du front. Il poussa un profond soupir en reprenant contact avec la réalité.
Le mystérieux musicien sortit encore de sa poche en tissu traditionnel un flacon de rhum qu'il se mit à distribuer

---

20 Ankio a chevauché la lame de la hache retournée : Ankio a trahi son serment.

parcimonieusement. Non sans avoir laissé tomber au préalable quelques gouttes par terre. « Voici votre part, vénérés ancêtres ».
Dès qu'il eut avalé son petit verre de rhum, Tava bondit sur ses pieds comme un taureau marqué au fer rouge. Il nous entraîna dans un rythme enragé que nous accompagnions de battements de mains. Une heure plus tard, nous pûmes goûter enfin à un repos bien mérité. Le matin n'était pas loin, à en croire la position de l'étoile Annonciatrice du jour.
Je ne peux détacher mes yeux du *nahoda* Marvane. Il est grand, il est beau de générosité. Depuis longtemps avec lui, j'ai renoncé à mettre un nom sur les gens, sur les objets, avant de les aimer. Marvane m'a aimé sans jamais chercher à me coller un nom sur le dos. Le nom circonscrit un objet, le fige. La beauté le révèle. La beauté c'est comme la lumière qui dévoile les formes et les couleurs. Sans cette lumière, les choses les plus magnifiques perdent tout leur charme. La haine et l'égoïsme les enfouissent. La lumière les rend accessibles à nos faibles sens. Elle n'a pas besoin de nom. Pour Marvane, je suis Vazaha, l'étranger au teint clair, un Occidental parmi des millions d'autres. Ce qui me révélait à lui, ce n'était ni la couleur de ma peau, ni mon métier, encore moins mon nom. Peu lui importait que je sois riche ou misérable, considéré ou honni. Sa lumière à lui m'a pénétré après avoir mis à nu ce qu'il avait de plus précieux en lui : le pardon. Une blessure a besoin de caresse plus que de médicament pour cicatriser. C'est du moins la traduction que j'ai faite d'un adage qu'il m'avait livré un jour comme pensée de notre rencontre :

- *Ty otse fagnafoly ty folake ; fe ty kenakenake aoly ty hatea.*

Le massage soulage l'entorse, mais la caresse guérit la blessure d'amour, traduis-je. « La caresse est un philtre d'amour », me rectifia-t-il.
Je sentais qu'il était une âme blessée. Peu importait la nature ou l'origine de cette blessure. L'écoute que je lui accordais

était la caresse qui calmait sa douleur. Dans le cas de Marvane, il suffit d'un regard, d'une oreille attentive.
La révélation de sa véritable identité m'a plongé dans une profonde émotion. Ses mots s'incrustaient dans mon âme, comme creusés par un scalpel ; « Je n'ai personne, ni frères, ni sœurs, ni parents, ni enfants. Ma vie est derrière moi… Je suis un *mifoha maty* ».
Je résolus de construire de mes propres mains son futur tombeau, véritable outil de son *senge*, de sa dignité.

Les obsèques de l'oreiller

Cela faisait un peu étrange d'écouter Marvane raconter en plein air. Bizarre ce plein air sans les fumées de tabac, sans le doux désordre ambiant. Le feu allumé par Tava en soirée s'assoupissait bercé par les ocres de l'aube naissante. Moi, je voulais une pensée du jour, celle qui servait en même temps de thème pour l'histoire à écouter. Devinant le fond de mon cœur il susurra d'un air triste à fendre l'âme :

- Quand la chair pourrie se détache de l'os, elle est bonne pour engraisser la terre.

Je sais l'attachement du *Tandroy* à sa famille, à ses traditions aussi lourdes que celles-ci puissent paraître quelquefois. L'os tient debout grâce à la chair ; et à son tour, la chair n'a de consistance que renforcée par l'os. Cette pensée était trop douloureuse, nous ne pouvions nous empêcher de faire le lien avec les horribles plaques qui souillaient le thorax et le dos du vieux musicien. Avait-il une dernière volonté, un ultime élan de générosité ? *Engraisser la terre.* Allait-il encore se sacrifier ?
Mifoha maty. Mort réveillé. Zombie. Marvane, un mort réveillé !
Depuis vingt ans je désespérais de trouver quelqu'un qui puisse me donner une preuve matérielle de l'existence de ce phénomène dont personne ne voulait parler. Les individus soupçonnés d'en faire partie se fâchaient dès qu'on abordait la question ou qu'on faisait mine de les interroger sur le sujet. Trois fois la langue meurtrière d'une sagaie a menacé de perforer mon ventre suite à une allusion à cette manifestation à propos de laquelle mon esprit cartésien butait sur l'absence d'explication rationnelle. Mon cerveau tournait à vide chaque fois que je méditais sur ce problème. Il m'arrivait de passer des nuits blanches en essayant de percer le mystère de ces sept vies dont seraient dotés certains sujets du sud malgache. De quelle mort ces gens mouraient-

ils alors, s'ils pouvaient réapparaître ensuite ? De quelle vie vivaient-ils après avoir été déclarés morts ? Après avoir été laissés dans un état de décomposition assez avancée avant leur mise en terre définitive ? Certains seraient réapparus après leur mise en terre ? Celle-ci a-t-elle réellement eu lieu ? C'étaient là les questions qui envahissaient mes yeux écarquillés et me taraudaient le cerveau. Les autres considérations ne m'interpellaient pas outre mesure. Comme celles selon lesquelles ce phénomène ne concernerait que certaines ethnies : lesquelles ? Que les femmes *mifoha maty* étaient mortellement belles ? Mais toutes les femmes du sud malgache sont belles monstre. Qu'ils partaient très loin de chez eux pour refaire leur vie ? Mais les *Tandroy* sont l'ethnie la plus mobile, on les voit dans tous les coins, même les plus reculés de la Grande Île ; ils s'adaptent aux situations les plus précaires, extrêmes.

Et maintenant, brutalement, sans crier Hodi[21] ! La vérité allait m'éclater au visage, pénétrer dans mon cerveau. Me blesser. Me rendre fou. Car elle impliquait mon meilleur ami, la personne que je portais dans la plus haute estime. Mon mentor. Mon musicien préféré. Mon philosophe. Mon *longo*, celui qui est à la fois parent, ami, confident, protecteur et protégé. Celui qui passe avant les membres de ma propre famille. Mon cœur s'affolait comme une mère qui va consulter la liste des fauchés par les balles des flics, après une manifestation réprimée. Enfin j'allais être fixé. Mais mon meilleur ami était concerné, et la souffrance cognait à coups redoublés de hache dans ma poitrine. Il était écrit que cette nuit serait différente de toutes les autres.

Aube. Nous faisions cercle autour du dieu blessé à mort, comme un ultime rempart à son désespoir : moi-même, Natacha ma femme polynésienne, Tava et Soa le jeune couple *tandroy* employé chez nous depuis une quinzaine d'années et qui sont comme nos propres enfants, surtout

---

21 Hodi : Formule pour s'annoncer avant d'entrer chez quelqu'un.

Soa qui ressemble à Natacha comme si elles étaient mère et fille, puis Marion ma fille biologique qui était chez nous en vacances. Dérisoire bouclier comme le drap pudique assurant l'intimité de la toilette funéraire. Sur le front rugueux tel l'écorce du *kily*, la disgrâce se lisait plus douloureuse que la mort.

♣ ♣

♣

Je cherchais de l'argent dans le Nord, tout là-bas à Digou[22] quand la guerre d'Hitilera éclata. C'étaient, d'après ce que j'avais compris, tous les *Vazaha*[23] du monde entier contre Hitilera. Mais à Digou, il y avait une autre guerre. Cette fois-ci c'était entre deux *Vazaha* d'un même camp : les *Farantsay* et les *Anglishy*. Une guerre inutile, sauf pour diviser la belle baie de Digou en deux : la partie Ouest aux *Anglishy*, et la partie Est aux *Farantsay*. Tu sais, Vazaha, Madagascar est grand, immense. Pourquoi se battre pour la possession d'une baie ? L'adage « Vazaha mody miady » (les Blancs font semblant de se battre) est vrai, car après un simulacre de guerre, les belligérants sont arrivés à un accord. Le seul vrai résultat qu'ils ont gagné c'est la division des enfants du pays. Bref, pendant le simulacre de guerre entre les *Farantsay* et les *Anglishy*, j'ai été surpris par des Sonagaly[24], en train de rôder près du camp des *Anglishy*. Ils m'ont pris. Ils ont voulu me manger sur-le-champ, mais l'un d'entre eux s'y est opposé. Après une violente bagarre entre les partisans de me manger et les autres, je fus finalement emmené à leur campement dans la forêt de Sahafary. Là, j'ai subi un interrogatoire musclé pendant plusieurs semaines, pour me faire avouer que j'étais un espion à la solde des *Farantsay*. Je le compris

22 Digou : déformation de Diego, une ville du nord de Madagascar.

23 Vazaha : le Blanc, l'Européen, l'Occidental.

24 Sonagaly : déformation de Sénégalais, désigne l'Africain en général.

six mois après, quand je parlais couramment le swahili et l'*anglishy*. Quand ils ont constaté que j'étais analphabète, ils m'ont enrôlé dans les troupes, appris à lire et à écrire. Je suis resté avec eux pendant un an et demi. Ils m'ont libéré quand ils ont levé le camp à la fin du fameux conflit.

Pendant ce temps, la nouvelle était tombée dans mon village, ici dans le grand sud, que j'étais mort là-bas dans l'extrême nord. Les *Sonagaly* auraient mangé mon foie et mis en conserve ma viande. Certaines boîtes de conserve seraient arrivées jusqu'à Tuléar, que les miens soupçonnaient de contenir ma chair. Avec cette preuve irréfutable de ma mort, ma mère n'avait d'autres choix que d'organiser mes obsèques.

Nene, ma mère qui m'avait élevé, a tenu à ce que je sois enterré dans le grand tombeau de mon grand-père Tsarasay. Nene était en fait ma tante, sœur de mon père. Malgré sa douleur de perdre un garçon qu'elle considérait comme sorti de ses propres entrailles, elle consentit à écourter les festivités autour de mon enterrement. En revanche, jouissant de l'estime de toute une région, elle ne pouvait empêcher, ni limiter les témoignages d'amitié. Les chants et les danses furent d'une intensité inégalée. Des tournois de luttes furent organisés.

La veille de mon enterrement, une charrette amena en fin de journée les deux pièces de mon cercueil creusées chacune dans un tronc d'arbre, une autre charrette les pierres. Une douzaine de bœufs de belle apparence fut apportée par les amis et parents. Deux grands mâles furent donnés aux femmes qui avaient désherbé puis balayé la surface délimitée pour mon trou. Deux autres furent offerts aux gens qui avaient fabriqué les deux pièces de mon cercueil ; deux à ceux qui avaient creusé le trou. Pendant trois jours d'activités intenses, Nene se lamentait continuellement.

Ô mon père, je suis morte.

Ô ma mère, je suis morte.

L'enfant que j'ai élevé avec la seule force de mes doigts m'a été ravi. Je l'avais couvé dans la chaleur de mon sein. Ô brûlant destin qui l'avait déjà privé de mère et de père et qui, aujourd'hui, le prive de jeunesse, de descendance, de troupeau. Ô père. Ô mère.
Au moment de quitter le village, Nene prit mon oreiller dans ma case. Celui qu'elle avait de ses mains bourré du coton cueilli dans son champ. Celui-là même qu'elle m'avait donné quand je n'avais que dix ans. Tout aplati et puant des odeurs de mon adolescence, des odeurs de graisse de zébu laissées par les cheveux de mes petites copines, puant mes pleurs et mes joies.
À défaut de te fermer les yeux de mes doigts, mon fils, à défaut de frémir au contact de ta putréfaction, mon fils, je dévore ton oreiller. Aujourd'hui je suis à la fois veuve et orpheline de toi, fils-mien. Le chapeau rond ne quittera plus désormais ma tête rasée, ni le vêtement de deuil mon corps vidé, jusqu'au jour attendu où j'irai te rejoindre aux côtés de mes aïeux.
Ô *aba*. Ô père.
Nene s'effondra avant de franchir les cinq mètres qui séparaient sa case de mon cercueil, les jambes fauchées par la douleur.
Avec d'infinies précautions, les hommes prirent l'oreiller de ses mains, le déposèrent dans le cercueil.
Mère ne reprit connaissance que le lendemain.

♣ ♣

♣

- Laisse-moi au moins une chance, mère, pour que j'apporte la preuve que je ne suis pas un revenant. J'irai faire des analyses, des radios au Grand Hôpital de Tuléar ; je produirai des certificats médicaux et des témoins.

- Fils-mien, ce n'est pas nécessaire, car les *mifoha maty*[25] ne présentent aucune différence par rapport aux gens normaux. Les hôpitaux ne détectent aucune anomalie. C'est un phénomène devant lequel la science des Vazaha est totalement stérile. Mon fils, tu es mort. Mais tu es revenu. Tu es un mort réveillé. Un *mifoha maty*. Il y a quelques années, une femme a été reconnue *mifoha maty* dans le quartier de Fiofio, à Majunga, tout là-bas chez nos cousins les sakalava. Elle passait des journées entières assise sans bouger sur une borne kilométrique. Pensant avoir affaire à une mendiante, ou à une folle, les gens lui donnaient de quoi manger. Les nourritures disparaissaient sans que personne ne voie, ni ne sache quand et comment elle les mangeait. Un matin, on la retrouve toute raide comme une pagaie, mais pas morte. On la transporte à l'hôpital dans un pousse-pousse. Le soir même, elle est retournée sur sa borne kilométrique, en bonne santé. Une nuit de clair de lune, un passant tardif remarqua que les vêtements de la dame lui flottaient dans le dos. Les gens alertés par le témoin voulurent en avoir le cœur net. Une sagaie fut lancée, qui lui passa au travers du corps. Une autre lui traversa la tête sans qu'elle tombe. Au contraire, elle se retourna vers ses agresseurs, menaçante, les orbites lançant des éclairs. Finalement, une grosse pierre lui ayant écrabouillé la tête mit fin à la vision d'outre-tombe. Le lendemain, les journaux parlèrent d'une femme malade mentale qui était passée sous les roues d'un camion pendant la nuit, et qui était morte sur le coup. Fils-mien, tu dois quitter le village et aller vivre parmi les morts.

Deux mois plus tôt, j'avais été accueilli comme un héros. N'avais-je pas fait la guerre, malgré moi, aux côtés des *Anglishy*? Ces excellents stratèges qui ont favorisé l'adage

[25] Mifoha maty : revenant, zombie.

« On ne discute pas fusil avec les *Anglishy* ». Aux côtés des *Sonagaly* qui allient sorcellerie, bravoure et acharnement. N'avais-je pas échappé plus d'une fois à leur voracité ?
Je voulais arriver dans mon village un lundi. Débarqué à Tuléar le samedi soir, j'y suis resté le dimanche à faire la fête avec mes copains qui, en me voyant, se marraient comme des soldats en permission.
Voilà le mort-vivant ! On a été à ton enterrement, vieux, c'était grandiose. Ta mère avait mis le paquet. Elle s'est même payé un évanouissement de première classe au moment de déposer ton oreiller dans ton cercueil. N'oublie pas, une fois rentré, de récupérer cet objet infect qu'ils appellent oreiller, sinon, il va te jouer de sales tours. Et de rigoler de plus belle. Pendant que je portais toast sur toast avec mes copains en ville, la nouvelle tombait dans mon village que j'étais vivant et que je viendrais le lendemain.
Tout le village m'attendait à la descente du taxi-brousse. Mère avait mis sa plus belle robe. Tout avait été prévu : musique, chants, danses, sacrifices, repas villageois. Pendant plusieurs semaines, les présents et témoignages de joie affluaient. Toutes les filles de toutes les ethnies du sud voulaient m'épouser : *tandroy, vezo, mahafaly, bara, tanalana, masikoro, sakalava, tanosy*. Il y en avait de tous les âges, de tous les teints. Il n'y avait plus ni races ni ethnies, ni tabous ni interdits. Un beau jeune homme qui avait fait la guerre aux côtés des Anglishy, c'était plus qu'un bon parti. Plus qu'un gendarme qui avait déjà la cote auprès des parents. Les parents faisaient la queue devant la case de Nene pour lui présenter leurs filles.
Puis un jour, une fille sans doute éconduite et voulant se venger, découvrit sur mon corps ces marques que vous voyez en ce moment. C'étaient de simples égratignures au début. Une chute dans un ravin quand j'étais soldat avec les *Sonagaly*. Un camarade nègre y appliqua une mixture de sa fabrication. C'est peut-être cet onguent qui a empêché la cicatrisation définitive. En fait, c'est un problème

périodique : les marques disparaissent pendant des mois, puis réapparaissent, comme morve dans le nez des bambins, et je les trimbale pendant plusieurs mois aussi. Mais, bon ! Bref, la fille s'est arrangée pour que ce soient là les fameux stigmates d'outre-tombe qui finissent par trahir les *mifoha maty*. Du jour au lendemain, la pirogue de ma vie chavira, culbutée par la déferlante d'une vilaine rumeur. On me fuyait pire que la peste. Certains hommes cachaient mal leur envie de me trucider. Par exemple pour avoir couché avec leurs sœurs en tant que fantôme. Ou dans l'espoir de récupérer mes objets personnels qui ne me servaient plus dans ma vie de fantôme. J'en avais qui suscitaient une convoitise non dissimulée : mon poignard, mes rangers, mon treillis, mon uniforme de parade…. Ce soir-là, je trouvai Nene en larmes debout contre le mur opposé à la porte.

- Fils-mien, pourquoi m'as-tu menti ? Pourquoi as-tu trompé tout le monde en te faisant passer pour vivant, alors que tu es mort, et bel et bien mort mais revenu à la vie ? Pendant tout ce temps tu gardais le mensonge tapi sous ta langue comme tabac à chiquer. Et aujourd'hui je reçois le crachat de cette fiente en plein visage.

- Mère, je ne suis pas un mort réveillé. Je te le jure sur la chose la plus sacrée. Si j'étais mort, je ne serais pas revenu à la maison sachant que ça te causerait plus de chagrin encore. Je t'aime, Nene. C'est ton fils unique qui te parle. Écoute ton cœur. Écoute ton sang. Tiens, regarde et touche. (J'ôtai ma chemise) Regarde bien et dis-moi si les cicatrices que tu vois là sont des cicatrices d'outre-tombe. Je suis tombé du haut d'un ravin pendant la guerre. Ces plaques sèchent, tombent puis reviennent, soit, mais ce ne sont pas les séquelles d'une putréfaction interrompue. Dis-moi, mère, que tu me crois. Tous mes effets militaires que j'ai ramenés et qui ont fait ta fierté, c'est du faux ? Les bœufs que j'ai achetés avec mon pécule, tes robes et bijoux, c'est un mensonge ? Les filles qui se sont bousculées devant ma case, qui se sont relayées dans mon lit, qu'ont-elles remarqué ?

Ont-elles couché avec du vent, avec un pet de vache, ou avec un gars bien viril ? Tiens (je ramassai une poignée de terre) prends cette poignée de terre et jette-la sur mon corps. Devant l'inertie minérale de mère, je me versai la poignée de terre lentement sur la tête. Puis, une autre poignée de terre. Puis encore une autre.

- Tu vois, maman, je ne réagis pas au jet de sable comme aurait réagi un vrai *mifoha maty*. Tu sais très bien, Mère, qu'un *mifoha maty* réagit violemment au jet de terre ou de sable. Mère, ressaisis-toi. Aide-moi à retrouver ma place dans la famille, dans le village, dans la vie. Ne m'éjecte pas de ton cœur. Ne m'emmure pas vivant dans le monde des morts.

Je serrai Mère très fort dans mes bras. Éperdument. Elle semblait ébranlée par ma démonstration. Surtout par mon étreinte. Elle tourna la tête de côté et garda le silence un moment encore qui me parut une éternité.

- Ce n'est pas moi, mon fils. Ce sont les autres qu'il faut convaincre. Parce que si tel n'est pas le cas, je serai bannie, ou massacrée de la même façon que le *mifoha maty* que tu serais et que je protège.
- D'accord, Nene. Demain je parlerai à tout le village sous le grand *kily*[26].
- Non, ne le fais pas. Ils vont te tuer pour de vrai.
- Je préfère qu'ils me tuent pour de vrai, si c'est là la preuve qu'ils attendent pour accepter que je sois vivant. Ils verront que je ne suis pas ce qu'ils croient. Et on arrêtera pour de bon de croire à ces stupidités.
- Et ça nous avancera à quoi s'ils te mettent à mort ? Je te perdrai. Alors que si tu t'en vas, je me consolerai en pensant « mon fils est vivant quelque part ». Et moi-même je vivrai.

Le lendemain, un garçon vint me dire, hébété, que mes

[26] Kily : tamarinier.

affaires étaient sur mon tombeau. Je courus. Ma valise béait sur le tas de pierres amoncelées sur ma tombe. Mes effets militaires dont j'étais si fier jonchaient le périmètre de mon grand-père. L'affaire était sérieuse. Ma mort définitive était inéluctable. Ma mort engloutit ma vie, résolument, tel un boa sa proie. Quand j'étais gosse, j'ai vu un petit serpent de la grosseur de mon avant-bras à l'époque, engloutir un caméléon nettement plus gros que lui. L'affaire se passait entre deux arbustes distants l'un de l'autre d'une trentaine de centimètres à peine. Le serpent calait sa proie contre le premier arbuste et avançait vers elle inexorablement, la bouche écartelée, millimètre par millimètre. Quand j'ai découvert la scène, la tête du caméléon était déjà engagée dans la gorge de son prédateur. Celui-ci avançait, inéluctablement, implacablement. Lorsqu'il eut englouti entièrement sa proie, pendant quelques minutes encore, la queue du caméléon, qui dépassait, continuait de s'agiter hors de la gueule du serpent désormais fermée. Ce spectacle m'a hanté de longs mois durant. Aujourd'hui, l'image hideuse envahissait à nouveau mes yeux. J'étais entré vivant dans l'antre de la mort. Comme le caméléon poussé de force dans les boyaux du serpent, vivant et les yeux ouverts. Ma mort m'enveloppait, m'étouffait, bien avant même que je cesse de respirer. Ma démarche pour faire changer d'avis les miens n'était que vaine gesticulation. Je tentai d'égarer ma peine dans les collines parmi les cactus, pareil à un cabri séparé du troupeau. La nuit venue, je retournai subrepticement sur ma tombe – n'étais-je pas désormais un fantôme ? - pour récupérer quelques effets très personnels. Je découvris sur une grosse pierre un panier rempli de nourriture : du riz, de la viande séchée. Une attention toute particulière de ma tendre mère à mon égard. Mais combien de temps pourrai-je survivre avec seulement de loin en loin un panier déposé en cachette sur ma tombe? Combien de temps échapperai-je à la sagaie dépuratrice de mes frères? Comment vivre sans travailler, sans chercher de l'argent ? Vivre reclus ? Banni sans être mort de la société des vivants ? Reclus vivant dans le monde des morts. Vomi de la compagnie des morts car pas tout à fait mort, bien vivant. Honni de mes frères. Déchiré à ma mère. Pendant un kéré[27], j'ai arraché un bébé vivant accroché au sein flasque de sa mère que la vie avait abandonnée derrière sa case, adossée à un pieu. Aujourd'hui, c'est un enfant bien vivant, mais considéré comme mort, qu'on déchire à la société des vivants, et que l'on précipite dans l'univers des morts. Amputation d'un membre gangrené, pense-t-on, qui empoisonne le corps entier. On jette avec dégoût un poisson pourri pour ne pas qu'il infecte le contenu du panier. La rupture était consommée malgré moi. Malgré eux aussi. J'étais un *mifoha maty*.

Partir. Partir très loin.

Pour être sûr de ne pas faire de mauvaises rencontres, je décidai de passer la nuit sur ma tombe. Dans mon demi-sommeil hérissé de cauchemars, je redevenais le caméléon englouti par un serpent.

Je me levai bien avant le premier chant du coq. Ma chemise me collait dans le dos. La chaleur et la sueur de la marche. Je coupai à travers la campagne, évitant toute rencontre. Fuir les miens comme une meute enragée de molosses. Esquiver toute agglomération habitée par une communauté de chez moi. Marcher la nuit et me reposer le jour. Aux côtés des soldats *Sonagaly*, j'avais appris à me déplacer la nuit sur toutes espèces de terrains. À me nourrir de tout et de rien. À me contenter de très peu, chose que j'avais déjà pratiquée depuis mon enfance.

Trois mois plus tard, j'arrivai dans la commune même où avaient campé les *Anglishy* et les *Sonagaly* pendant le faux conflit qui les opposait aux *Farantsay*. Tout là-bas dans l'extrême nord. Un vieux créole nommé Dumanoir tenait une exploitation forestière. Il me prit à son service. J'accompagnais mon patron Dumanoir lors de ses séjours à

---

[27] Kéré : disette, famine.

Tamatave où il avait l'habitude de réceptionner du matériel arrivé de La Réunion par bateau. Là-bas j'ai fait la connaissance du plus grand musicien malgache de tous les temps, le Sihanaka Rakotozafy. Je me suis mis à son pied. C'est ainsi que je suis devenu maître de l'instrument dont tu me fais porter le nom aujourd'hui.

- Le *marovany* ?
- Ee.

Lors de l'avènement du président Ratsiraka, en 1975, Dumanoir quitta le pays. J'ai pris la succession de l'exploitation forestière, dont j'ai été exproprié quelques années plus tard par un élu de la commune. J'entrepris de retourner dans le sud afin de m'établir à Tuléar. Avec mes économies, j'achetai deux terrains : un en plein centre-ville, sur lequel j'ai construit ma cabane, celle que j'habite toujours ; un deuxième sur le littoral.

- Les douze hectares que tu veux me donner aujourd'hui.
- Ee. Je te le donne. Ce terrain est à toi. On donne à ceux qu'on aime les choses pour lesquelles on a souffert. C'est ça le cadeau.
- Je t'ai déjà dit non, Marvane. Je ne veux pas t'écorcher.
- Si tu l'acceptes, tu me rendras vraiment mon *senge*[28]. Tu ne le sais pas, mais de mon terrain en centre-ville, il ne me reste plus que le dixième à peine. Mon voisin commerçant indien déplace sans cesse les bornes à son profit, et moi je perds tous les procès qu'il engage contre moi, comme quoi j'occupe illégalement son terrain. Le gueux couvert de guenilles peut-il apostropher le riche : « rends-moi mes vêtements que tu as empruntés » ? Et le littoral ? Le littoral n'appartient plus aux Malgaches. Aussi loin que mes yeux me projettent dans le souvenir, je n'avais jamais vu autant de terrains bradés aux *vahiny*[29]. Quand j'étais avec les

---

[28] Senge : L'honneur. La dignité.

[29] Vazaha : étranger, occidental.

Anglishy et les *Sonagaly*, on regardait quelquefois des films où des gens portant des plumes étaient dépossédés de leurs territoires par des *Vazaha* armés de canons, puis parqués comme des bêtes dans des endroits incultes pour y mourir. Comme meurent les gens d'ici aujourd'hui. Ils se battaient farouchement, bien qu'avec des flèches, pour le *senge*. Pas seulement pour leurs terres. Ici, l'armée te déloge si tu tardes à déguerpir après qu'un grand a vendu tes terres à ton insu. On veut protéger les animaux, les magnifier ; mais les humains, piétiner leur *senge*. Les foutre à poil sur la place publique et les offrir en pâture aux médias du monde entier. Pardonne ma langue si elle sécrète le concentré de venin de sa colère. Mon terrain est un rescapé. Pour combien de temps encore ?

- Dans ce cas, Marvane, j'accepte. Tu viendras vivre dans la concession, elle restera ta propriété. Je ferai construire pour toi une cabane confortable avant même d'engager les travaux d'aménagement pour la construction de notre hôtel restaurant. Tu m'as appris que l'argent n'est pas tout. Je garderai ton *senge* et le mien intacts en entretenant avec toi une bonne relation de filongoa[30].

Le vieux musicien me tendit sa main rugueuse.

- Si les ancêtres permettent que je reste en vie jusque-là, je te jouerai du *marovany* le soir.
- Tava et Soa viendront aussi. Y aura de la place et du boulot pour tout le monde : entretien, gardiennage, transport, livraison, cabaret, cuisine, et j'en passe. Hein, Tava ? Dis-moi oui, Soa. Cette nuit, vous m'en avez fait la démonstration : vous êtes les meilleurs dans tout le grand sud. Et mon privilège c'est de vous avoir comme famille.

Natacha jugea opportun de se manifester. Elle le fit avec enthousiasme.

- Et moi dans tout ça, je compte pour des prunes ?

---

[30] Filongoa : amitié, parenté.

Laissez-moi au moins le privilège en tant que mère de la famille recomposée, car nous sommes une famille maintenant, de baptiser notre futur village. Je propose LE MARVANE. N'est-ce pas joli ?

- Magnifique ! Super !
- Je crois qu'il me reste un fond de *dzama*[31] dans mon flacon, marmonna Marvane, en fouillant dans son sac en tissu traditionnel. Portons un toast au MARVANE. Vive Le Marvane !

Le jour était totalement levé, radieux. Radieux aussi le sourire qui déchira le voile du visage buriné du vieux dieu déchu.

- Vazaha, crois-moi. Je ne suis pas un *mifoha maty*.

Sans répondre, je lui tendis les mains pour l'aider à se relever. Il savait que je ne lui répondrais pas. Je ne me sentais pas autorisé à donner mon avis personnel sur un phénomène qui m'échappait complètement. Eux-mêmes, les gens et les familles concernés, en savaient-ils davantage ? J'étais à la fois soulagé et profondément frustré. Soulagé de ce que mon Marvane n'était pas un zombie. Déçu car j'espérais avoir enfin une explication rationnelle, au moins un constat visuel du phénomène autour duquel de nombreuses légendes ont été forgées. Dépité aussi d'avoir naïvement cru que le voile tomberait de lui-même comme une orange pourrie. Je me consolai finalement en pensant qu'au moins pour Marvane, sa grandeur d'âme l'élevait au-dessus de cette superstition, si tant est que c'en était une. D'ailleurs, je m'interdis de taxer de superstition une expérience humaine qui aide une société à réguler les bases de sa pensée. Je partageais de façon inconditionnelle la douleur de Marvane d'être déchiré à sa mère, aux siens qu'il chérit plus que tout. La chair pourrie qui se détache de l'os pour engraisser la terre. C'est dans la

---

[31] Dzama : rhum fabriqué à Dzamandzar, dans l'île de Nosy-Be, Madagascar.

souffrance qu'on découvre réellement la grandeur d'âme d'un homme. Sa beauté. Pour moi, Marvane est beau. Est grand. Mort en étant séparé, banni des siens, il a su revivre en donnant toujours l'amour et la joie pour lesquels il a été haï. Bambou soupçonné d'abriter des esprits maléfiques, il donne de l'eau pure cachée au fond de son cœur pour désaltérer le voyageur harassé, et distille des chants et de la poésie pour qui prend la peine de tendre l'oreille. Tout au fond de moi, je me dis : oui, de ce côté, Marvane est un *mifoha maty*, un mort réveillé.

Saramba travaille au Liban

Mon cœur est comme perforé de ne pas entendre la musique de Marvane depuis la rue. Un sombre pressentiment me scie les jambes ; elles refusent d'avancer, vacillent et plient. J'assois un moment mes fesses sur le rebord du trottoir. Mon sang se coagule dans mes veines. Mes verres de lunettes deviennent de vulgaires tessons de calebasse opaques et inutiles. Je les essuie avec un pan de ma chemise avant de les ranger dans la pochette. Marvane est-il souffrant ? En tout cas pas absent puisque sa porte bée. Le silence de Marvane ce matin-là, me plonge dans le désarroi comme si l'œil du jour ne se montrait pas le lundi matin. Mon cerveau chavire tel une pirogue sur une mer paniquée. Mes mains épouvantées s'agrippent à mon téléphone portable : il affiche 7 :32.

Je venais voir mon ami de toujours pour commenter avec lui une effroyable nouvelle parue dans un quotidien national.

Le corps d'une femme originaire de V…, décédée le.... septembre dernier, a été rapatrié dans la soirée de vendredi ; l'accueil à Ivato a été placé dans la plus totale discrétion.

Au mois de novembre, 16 employées ont perdu la vie au Liban, d'autres ont été blessées et certaines souffrent de maladies mentales et psychiatriques comme c'est le cas de 9 femmes qui viennent de rentrer au pays, samedi dernier. Une autre femme est encore retenue à Johannesburg. La situation des travailleurs au Liban ne cesse de s'aggraver. En effet, les cas de décès et de blessures graves se multiplient. On enregistre un de ces cas au moins une fois par semaine, selon les informations fournies par le Syndicat des professionnels du travail social (SPDTS). [32]

Concernant le corps qui a été rapatrié dernièrement, il s'agit d'une jeune

---

[32] Authentique. Article paru dans le quotidien Nouvelles de Madagascar sous le titre : « MALTRAITANCE AU LIBAN : 16 décès déclarés depuis novembre ».

femme qui avait travaillé durant 21 mois au Liban. Toutes les procédures relatives à l'accueil à l'aéroport international d'Ivato ont été effectuées loin des journalistes. (…) D'après l'agence de placement, sa mort a été causée par une crise d'épilepsie. Mais une autopsie pratiquée sur le corps de la jeune fille a montré que celle-ci avait été victime de tortures.
Le corps sera entreposé à la morgue, en attendant d'être remis à la famille de la défunte sitôt les procédures de reconnaissance effectuées.

Au moment où je franchis la porte de la minuscule cabane, je constate que Marvane était en fait derrière moi, claudiquant, sans chapeau ni chaussures. A toute vitesse mon cerveau brasse les formules les plus polies mais véhémentes pour lui passer un sérieux savon. Sortir sans fermer sa porte par les temps qui courent est la dernière des imprudences !
Arrivé à ma hauteur, il me pousse doucement pour me faire entrer avant lui. Ce que je fais. Il prend sa chaise habituelle, et moi celle sur laquelle il pose la tête de son instrument pour jouer. « Quand on a perdu sa fille unique, aucun autre malheur ne peut vous tomber dessus » me lance-t-il à brûle-pourpoint, une fois assis. Et là, je suis pétrifié, ma langue se colle à mon palais. Devant moi le spectacle d'un champ dévasté par une invasion acridienne est plus réjouissant. Un tsunami n'aurait pas causé autant de ravages sur le visage buriné de mon ami. Il est impuissant devant mon propre désarroi produit par sa peine à lui, ce qui le tourmente encore davantage. Au bout de quelques éternelles secondes, il parvient enfin à articuler :

- Loza ! Loza ! Loza ! (Malheur ! Malheur ! Malheur !)

Ses yeux sont secs. Ses mains ne tremblent pas. Seule sa voix est brisée. Anéantissement.

- Que s'est-il passé mon ami, mon frère ?
- Ce journal coincé sous ton aisselle n'en parle pas ?

- Il parle des problèmes des femmes qui vont travailler au Liban. Je voulais justement en discuter avec toi. La dernière victime est originaire de V…
- Saramba. C'est Saramba. Elle avait changé d'identité et de date de naissance avant de partir. La Binty de ton journal est en réalité ma Saramba. Donc, ce *gazety* confirme bien sa mort.
- Comment l'as-tu appris ?
- Elle m'est apparue en songe.

Il se fige dans la douleur. Immobile comme un roc. Seules ses lèvres tremblent. Ses yeux fixent le vide. Un filet de larmes parvient enfin à dévaler les pentes hirsutes de son visage abîmé et à s'engouffrer dans sa barbe drue ; on dirait un serpent se coulant dans les euphorbes de son sol natal.

Saramba, c'est son vrai nom, Binty est un nom d'emprunt. Elle avait fait irruption chez moi un soir d'orage, fatiguée, affamée, désespérée. Moi aussi, ce soir-là, j'étais à bout. Durant la semaine, j'avais animé un atelier de musique auprès d'un groupe de jeunes venu de La Réunion. C'était dans le cadre d'une convention entre deux municipalités, une de là-bas et celle d'ici. L'argent avait été versé au comité de la ville d'accueil, qui à son tour devait rémunérer les intervenants selon une grille et un contrat préétablis. J'ai été payé misérablement, tandis que les autres artistes arboraient le sourire du crocodile. On m'a fait comprendre que je n'étais membre d'aucun parti politique, pour ne pas dire du parti des gens d'en haut. J'exhibai fièrement ma carte de l'OMDA[33], ce qui m'a valu de recevoir un grand éclat de rire dans l'œil. Alors, ma carte, je l'ai déchirée sous leurs yeux ébahis. Je ne fais pas de la musique pour en vivre, moi.

- J'étais ignorant de tout ça, ami.
- Tu étais parti en vacances avec ta famille.

[33] OMDA : Office malgache des droits d'auteur.

Mais revenons à Saramba. Aujourd'hui, c'est son anniversaire. L'anniversaire du dernier jour où je l'ai vue vivante. Elle était assise dehors, là sur le pas de la porte. Tu vois cette *pierre-pied* sur laquelle je me lave les pieds le soir avant d'aller me coucher ? Elle était assise dessus. Elle faisait sa valise. Elle partait l'après-midi pour le Liban. Une fille pétillante. Qui ne demandait rien à personne. Sauf qu'on lui fiche la paix. Le pays était en ébullition. La vie humaine n'avait aucune valeur. Le pouvoir en place allait tomber. Elle m'appelait Baba, père. J'étais son père. Elle était ma fille. Adoptive mais comme sortie de mes propres entrailles. Une enfant venue du sud-est d'une ethnie liée à la mienne par la plaisanterie : une *ziva*. Sacrée. Une filiation que m'envoyait mes ancêtres pour panser la béance de mon bannissement. J'étais pour elle le père qu'elle n'avait point connu. Et elle la fille que je n'ai pas eue. Je l'appelais Nene. Comme ma mère que j'ai laissée là-bas au village le jour de mon exclusion[34]. Elle était tout pour moi. C'est pourquoi je l'appelais Nene. Ma mère.

Long sanglot. Laisser couler, ça lui fait du bien de pleurer enfin sur une épaule amie et complice.

Quand Marvane reprend le récit, c'est sur un tout autre ton.

Coups de feu lointains. Tu entends tout ça, Baba ? C'est ça le chant qui berce mes oreilles depuis seize ans. C'est le legs que vous, fanatiques de l'indépendance, nous avez laissé. Que serait la vie sans cette musique devenue familière, quotidienne ? Que seriez-vous sans le crépitement des incendies ? Sans …

S'il te plaît ? Quoi s'il te plaît ? Ce n'est pas vrai, ce que je dis ? Le bruit des casseroles pour nous aujourd'hui, ce sont les cliquetis d'armes automatiques ; nos berceuses les hurlements de moteurs de 4X4 bourrés de miliciens. Nos

---

[34] Voir ***Les obsèques de l'oreiller*** dans le même volume.

chants : les hululements des pilleurs se ruant à l'assaut des édifices publics, des entreprises privées et des magasins. Nous nous extasions devant les incendies grandioses dans lesquels notre patrimoine part en fumée et en cendres. L'exploit de cette nation, c'est revenir à la case de départ tous les dix ans. Aucun autre pays n'ose faire ça! Les autres nations, elles avancent. Nous, on retourne en arrière. Comme le *salegy*, tiens. Tu sais encore danser le *salegy*, Baba ? Un pas en avant, trois pas en arrière. Un pas en avant, trois pas en arrière. Comme ça. Regarde. Hop ! Hop ! Et hop là ! Je connais même la variante « *gisy folaka* », l'oie boiteuse. C'est la spécialité des années soixante. C'est ta génération qui dansait ça, Baba. Hop ! A chaque fois qu'on veut avancer, on se casse une patte. Alors, soit on tombe, soit on retourne en arrière.

Les années 90, c'est le « *mipaka am'fotaka* », descendre jusqu'à terre. Comme ça. Regarde, Baba.

Les années 2000, c'est-à-dire aujourd'hui, c'est le « *onjona vity* », levez la jambe. On n'arrête pas le progrès. Nous, on lève la jambe. Ma génération danse le « jambes en l'air ».

Je t'ennuie, n'est-ce pas, Baba ? Bien sûr que je t'ennuie. Pourtant, tu adores le nord, Baba. C'est là-bas que j'ai appris tout ça. C'est ta deuxième matrie, le nord, Baba. Quand j'étais chez ma maman, je levais la jambe. Pour payer mes écolages. Pour me payer mes cours de français à l'Alliance Française. Pour payer mes cours du soir. Pour payer mes profs de collège, afin qu'ils donnent de bonnes notes, même si je n'y vais pas, aux cours du soir ou au collège. Trop belle pour aller à l'école. L'école c'est pour les laiderons. Les jolies filles n'ont pas besoin de l'école. Perte de temps. Croquer la vie comme une pastèque. Une mocheté bardée de diplômes ne réussit pas mieux qu'une beauté analphabète. Il m'arrivait même de faire les courses, chez ma maman. Je ne reproche rien à personne, hein ! Je ne regrette pas non plus. J'apportais ma petite contribution, comme on dit, à l'économie familiale.

Je te raconte tout ça, Baba, parce que je pars. Pour toi, pour ma maman, pour tout le monde, ce sera une bouche de moins à nourrir. Ou à voir impuissant mourir, c'est comme on veut. Un spectacle de moins pour les yeux incapables d'autre chose que de lâcher des torrents de larmes.
(Un temps)
Un pays qui a tout pour s'en sortir, aime-t-on à soupirer sur notre île !!! He he eya !!! Mais qui s'enlise inexorablement, comme le constipé qui se soulage dans la mangrove derrière son rempart de palétuviers. La marée va le surprendre, le pauvre. Moi je pousse ma pirogue à l'eau.
J'avais tout juste neuf ans en 2002. Je serais tombée du ventre de maman un peu plus tôt, j'aurais vu aussi 1992. En fait, pourquoi ma maman ne m'a pas allaitée ? On raconte que les femmes qui allaitaient en 1992, leur lait avait tourné tellement l'air était saturé d'odeur de poudre. Les brèdes qu'on achetait au marché avaient un goût de sang. Mes pieds nus ont martelé leurs premiers *kilalaky* dans des flaques de sang. Regarde, Baba, comme ça. On danse comme ceci quand on a les pieds englués dans une mare de sang. Mais en 2012, Baba, je serai à l'autre bout du monde. Les ZEX sont déjà là, Baba ; ils guettent 2012. Tu ne connais pas les ZEX ? Les ZEX présidents. Ils attendent la curée. *En arrière de moi l'incendie ! SOULOULOU-OU-OU-OU !*[35]
Je m'appelle Binty, j'ai dix-neuf ans. Attends, c'est pas bon, il faut le dire très vite. Je m'appelle Binty j'ai dix-neuf ans. Non non non, ça ne marche pas. Personne ne me croira si je le dis comme ça. Il faut le dire d'une seule traite. Jmapelbintjèdizneuvan. Là ça va mieux. Le problème est que j'ai seize ans. Dire j'ai dix-neuf ans, c'est facile, j'y arriverai. Mais le faire, c'est une autre paire de cornes de zébus émasculés. Variole ! Faire dix-neuf ans quand on n'en a que

[35] Souloulou : Imprécation moqueuse pour conjurer le mauvais sort.

seize, c'est pas évident. Je les aurai quand même ces *mandoa rà*[36] de Libanais
Jmapèlbintjèdizneuvan. Oué ! J'ai réussi.
Jmapèlbintjèdizneuvan. En fait, c'est comme un texto. Ce qui compte, c'est le son.
Jmapèlbintjèdizneuvan.
S'ils ne me croient pas, j'ai encore d'autres arguments plus convaincants.
Jmapèlbintjèdizneuvan.
Jmapèlbintjèdizneuvan.

♣ ♣
♣

- C'est pour qui ?
- Binty, Monsieur. Elle s'appelle Binty. Je suis son père.
Marvane a accepté que je l'accompagne dans ce périple douloureux à la capitale, un aller-retour de deux milles kilomètres, pour aller récupérer le corps de sa fille Binty, rapatrié du Liban. Nous avons pris mon 4X4 dont le plateau servirait au transport de la dépouille de la jeune fille.
Le responsable de la morgue répète Binty, Binty, Binty, en parcourant la liste qu'il tient d'une main tremblante. Il doit pourtant avoir l'habitude. Ou la déformation professionnelle. Quand tous les jours on assiste impuissant à la souffrance des gens, soit on sombre dans l'indifférence, soit on attrape le *gros cœur* à force de compatir. L'odeur est insoutenable. Le complexe hospitalier n'est pas à cent pour cent à l'abri des délestages impromptus infligés aux abonnés pour économiser l'électricité dans la mégapole malgache. Un

36 Mandoa rà : vomir du sang. Imprécation des gens du sud-est de Madagascar.

million huit cent mille affamés rien qu'à Antananarivo. La chambre froide ne l'est que de nom.

- C'est là. On va procéder à la reconnaissance du corps ; elle doit se faire en présence du chef de service. Après quoi vous signerez une décharge. Je vais aller le chercher. La police aussi doit être présente.

Marvane se laisse glisser par terre le long du mur et entame les pleurs. « Ouuh ! La chevrette aux cornettes à peine sorties de tête qui saccageait mon champ de calebassiers. Elle s'amusait à percer de ses sabots fins mes pastèques en train de prendre leur bain de soleil, à demi enfouies dans le sable. Ses menottes graciles décollaient les épis de maïs de leurs tiges, les laissant pendouiller au gré du *tioka atimo,* Vent du sud : ça c'est les seins de tatie Vanja ; ça c'est les fesses de mamie Fenosoa : les premiers sont tombants et aplatis, les dernières ridées et toutes fripées, rigolait-elle. A l'école tu dessinais toujours un couple en train de se battre : la dame au bâton qui tapait sur son mari c'était tante Revola. Son mari était un ivrogne incapable de renouer lui-même son pagne. Ouuh ! Gamine d'école, tu ramenais plus de bobos que de bonnes notes ; tu luttais avec les garçons ; tu mangeais tes craies, te maquillais avec l'encre de ton stylo, cachais des feuilles broyées de liane puante dans le casier du maître ; enfouissais des épines de cactus dans le sac à main de la maîtresse ; lâchais un chat dans la salle de classe après lui avoir mis du tabac dans le nez. Poils à gratter soufflé sur le col de chemise du maître avec un tube de stylo ».

Moi, ma douleur est à son comble. Mais par respect au vieux tamarinier foudroyé et pour mieux le soutenir, je me contiens. Marvane quant à lui, c'est tout son stock de souffrances qui est percé, éventré, et qui se répand à terre. De temps à autres il s'interrompe, regarde autour de lui, mendiant une relève absente. Ne voyant pas venir celle-ci, il reprend courageusement ses gémissements là où il les avait laissés. Il pleure pour deux, lui et moi. Il pleure pour dix, vingt. Pour toute la tribu déficiente. Pour toute la race victime de la vénalité des gens d'en haut qui vendent leurs jeunes filles pour une cuillérée de riz.

Après avoir satisfait les formalités, sans la police, sans le chef de service annoncé tantôt, nous achetâmes un cercueil de fortune à un menuisier établi non loin de l'hôpital. Au moment où nous hissions le fardeau sur le plateau de mon 4X4, une fille vint s'effondrer sous les roues de celui-ci : Soanomena, la meilleure amie de la défunte. Avec une tendresse infinie, Marvane l'installe sur ses genoux et tente de la ranimer en la giflant avec un mouchoir que je suis allé tremper à une fontaine publique pas loin. Ses premiers mots furent « J'en étais sûre. J'étais sûre que c'était elle ! Que c'était ma sœur bien-aimée. Pourquoi … ? » Elle raidit de nouveau les jambes en cognant durement de la nuque contre la portière du véhicule.

- Il faut qu'on parte d'ici, recommanda sagement Marvane. Le vent de la route la ranimera certainement.

Malgré mes supplications, le vieux musicien voulut s'installer à l'arrière du 4X4, sur le plateau, à côté du cercueil. « Je veux être près d'elle une dernière fois », supplia-t-il. Tous mes arguments pour l'en dissuader ricochèrent sur la paroi de sa douleur comme une bèche ébréchée qui rencontre un métal enfoui. N'eût été son âge, je l'aurais tiré de force pour le fourrer dans la cabine à air conditionné du véhicule. Le vent de la route l'aurait frigorifié avant qu'on atteigne les Plateaux du Horombe et leurs vents interminables. J'installai Soanomena à l'avant, à côté de moi, histoire de la surveiller, car je la sentais prête pour des évanouissements à répétition. En effet, les quartiers de la capitale qu'on traversait lui rappelaient des épisodes avec Saramba, alias Binty, et chaque souvenir l'ouvrait comme un coco à boire, et la répandait. A peine entamait-elle une lamentation qu'elle s'abattait en

arrière la nuque cassée sur le dossier heureusement moelleux du siège.
Soanomena et Saramba, alias Binty, avaient dansé ensemble dans une troupe composée, montée pour une tournée dans la capitale. De toute évidence, elles n'avaient pas que dansé, d'après les bribes de plaintes que la jeune fille parvenait à hoqueter entre deux défaillances.
« Ouuh ! Saramba, ma sœur. Tu me montrais fièrement tes trophées de guerre. La magnifique tabatière, qu'un cheik a oubliée sur la table, trop pressé qu'il était de retrouver ses fils qui l'attendaient dehors avec un taxi de location. Il avait quatre-vingt-trois ans. Ses fils lui avaient payé le voyage depuis Mayotte jusqu'ici pour lui permettre de retrouver des sensations qui n'avaient plus électrocuté son débris de corps depuis plus de vingt ans. Toi, tu as eu la frousse de ta vie. Parce que le lumignon menaçait à tout moment de s'éteindre. Ses articulations craquaient lugubrement et sans arrêt. Tu n'étais pas mécontente du tout de le voir porté par ses fils vers le taxi. Il est retourné vivant dans son île Mayotte. Ouf ! Snif ! Saramba, ma sœur, on s'amusait trop bien ensemble. Pourquoi m'as-tu quittée si prématurément ? Et le dentier, Saramba ? Celui de Monseigneur Dufornique. Le dentier est tombé pendant. Et le propriétaire a tout simplement oublié de le récupérer avant de s'en aller. J'espère qu'il t'a quand même absoute ma sœur. Si je le retrouve, je lui arracherai au moins dix messes gratuites pour toi. Il te les doit bien. Tu me laisses toute seule, ma Saram…

Tu te souviens, vilaine sorcière, tu me jetais dans les bras des vieux machins puants des aisselles, pendant que tu te pavanais avec des touristes friqués. Je ne t'en veux pas, surtout pas aujourd'hui. *Mandoa rà*! C'était pour financer ton voyage. Tellement de choses à payer. L'agence de placement qui avait l'embarras du choix des jeunes filles à envoyer au Liban. L'agence de voyage qui s'occupait de te faire un passeport en règle. Sans oublier le député qui t'avait inscrite sur la liste des demandeuses d'emploi pour le Liban. Désormais je serai seule et tarie. Je te pleurerai comme jamais personne n'a pleuré quelqu'un. Je me viderai de toute mon eau. Et je mourrai de chagrin. Tu m'as laissée seule, Saramba… »

Le cinquième malaise de Soanomena me servit de prétexte pour amener le vieux musicien dans la cabine, sur la banquette arrière. Pour l'instant le soleil de mars tentait de darder les derniers vestiges de ses rayons de fin d'été, pour atténuer le froid qui pointait son nez ; mais le vent de la route les dissipait vite fait. La nuit nous surprendrait que nous n'aurions pas fait la moitié des mille kilomètres qui nous séparaient de Tuléar. En roulant toute la nuit, après une heure ou deux de repos dans la ville de Fianara, à mi-chemin, on atteindrait notre destination le lendemain en fin de matinée. Marvane s'était assoupi, la tête dans son coude replié, posé sur le cercueil rudimentaire recouvert d'un rectangle de fin lin tissé à la main, acheté dans la localité d'Ambalavao.

Soanomena gicla de son inconscience comme sous une décharge électrique, à la traversée de la localité agricole et artisane.

« Ambalavao, hurla-t-elle. C'est ici, ma sœur, que tu as reçu le magnifique *Sonnériksonne* (Sony Ericsson) avec *oretty* et *biloutoufou* (oreillette et Bluetooth). Tandis que tu le laissais sagement enfoui sous tes oreillers, toi tu l'écoutais te distiller de la musique directement dans ton oreille depuis ton potager, ou l'enclos à chèvres, ou la cuisine, grâce à l'*oretty* magique. Ils sont imbattables ces *Vazaha* (blancs) qui chient et vomissent du sang ! Le touriste qui t'a offert cette petite merveille était tout simplement ébloui par nos danses exécutées en l'honneur d'une ONG, tu te souviens Saramba ma sœur ? De cette ONG qui creusait des puits et aidait à construire des écoles ? Nous dansions sur cette place, là, étrennant nos costumes achetés là, dans cette boutique de souvenirs. Nous étions dans l'autre sens, sur la route de notre tournée dans la capitale, sur la route de notre gloire. Et là, parmi la foule, un jeune touriste *vazaha* a dégringolé sur le plateau, non pas pour danser, mais pour t'offrir un cadeau : l'incomparable *sonnériksonne*. La foule a hurlé d'approbation. D'envie aussi. Tu le glissas dans le pli de ton pagne sans t'arrêter de danser. Ouuuh ! Saramba, je suis seule et malheureuse, mais laisse-moi continuer mes pleurs. Je suis forte, tu sais, ma sœur. Je suis capable de te pleurer jusqu'à Tuléar. Jusqu'au bout du monde s'il le faut. Je te pleurerai jusque…Saraaaam… »

…

« Variole ! *Mandoa rà ! Mangery rà*[37] ! Oh pardon ! Je me suis encore évanouie ! Je l'aime trop, cette Saramba qui chie du sang et qui me laisse tomber comme une mangue pourrie. Heureusement que j'ai le formidable *sonnériksonne*. C'est à moi qu'elle l'a légué. C'est le plus beau souvenir qu'elle ait pu me laisser. Non pas pour le téléphone en soi, mais pour l'histoire que Saramba a enregistrée dedans. Grâce au *biloutoufou* et à l'*oretty*, elle racontait au téléphone ses misères, quand il lui restait un peu de force avant de sombrer dans un sommeil aussi bref que hagard et abruti. Moi, j'étais sceptique dès le début. On ne peut pas vivre sereinement dans un pays qui n'arrête pas de s'entretuer. Au milieu de gens qui ont un compte en banque à la place du cœur. Et une calculette à la place du cerveau. Et puis, les filles qui décrochaient les fameux contrats ne revenaient pas, n'envoyaient pas de leurs nouvelles. Quand on est heureux, tout le monde le sait. Quand on se tait, il y a problème. Je la dissuadais de partir. Mais elle ne m'écoutait pas ».

---

[37] Vomir du sang ; chier du sang : imprécations des gens du sud de Madagascar.

Soanomena fouilla fébrilement dans ses affaires, en extirpa un magnifique mobile serré dans une enveloppe entourée de ruban adhésif. En tremblant comme une feuille de tamarinier à l'approche des criquets, ses mains graciles défirent l'adhésif, libérèrent le précieux souvenir. C'était sa façon à elle de prendre soin du précieux matériel et d'éviter qu'il lui soit volé. Je n'étais pas mécontent quant à moi, que le providentiel mobile vienne distraire, ne serait-ce que quelques heures, le cœur labouré de chagrin de la jeune fille. Mais ça n'a pas du tout été une distraction, loin s'en faut ! J'en frissonne encore aujourd'hui.
« Saramba avait réussi à le remettre en cachette à une fille – une miraculée – qui rentrait au pays ça fait six mois, à la fin de son contrat. Noro. Elle s'appelle Noro. D'après elle, la patronne de Binty (notre Saramba) qui surveillait tous ses déplacements, voyait mais ne pouvait pas intervenir, encore moins intercepter l'objet. Quand la fille me l'a remis, j'ai compris que Saramba ne survivrait pas à son mobile. « Elle est au plus mal », me confia la rescapée. En écoutant le téléphone raconter les horreurs que ses employeurs lui faisaient subir, je pense qu'ils ont hâté sa mort afin de lui boucher tout aveu, d'aveugler d'éventuelles sources de témoignage. Ecoutez plutôt les récits ».

Soanomena trouva presque instantanément les fichiers audio. Je pense qu'elle les écoutait souvent et pleurait de loin sa meilleure amie, sa sœur que la voix enregistrée rendait encore plus proche maintenant qu'elle n'était plus. Pour moi, c'était une opportunité unique d'avoir des témoignages vrais des sévices infligés aux travailleuses malgaches du Liban, mais aussi un bon prétexte pour faire se reposer, du moins je l'espérais, mes deux amis de leurs lamentations et trop fréquentes défaillances. « Tu sais que grâce au Bluetooth, on peut écouter ton téléphone avec les haut-parleurs de la voiture. Comme ça, tout le monde entendra bien et toi, tu te reposeras ». Ma proposition leur plût. La jeune fille me tendit les accessoires, les yeux noyés.

Le portable raconte.

« Mon heure approche. Ceci est sans doute mon dernier « réjistrément ». Trop amochée pour être encore utile à quoi que ce soit. Même le gamin démon m'ignore. Même plus montrable. Orange pressée, débarrassée de son jus. Peau de banane qu'on balance dans une poubelle. Je me rappelle plus que jamais les nombreux cas avant moi. Empoisonnée. Déchiquetée par les chiens de garde. Défenestrée. Ramassée en miettes sous un camion. Demain, je dois accompagner Madame au marché comme tous les samedis. Sûrement la dernière occasion pour rapatrier cet outil miraculé des innombrables fouilles qu'on m'a fait subir. Prie bien fort pour moi. J'enlèverai mes bandages pour faire un petit paquet du portable et des accessoires. Avec ton nom et ton numéro de portable écrits dessus. Ce portable-mien est le rescapé de tous mes effets personnels. De tout ce que j'appelle mien. Un petit morceau de moi sauvé de la destruction. Il est à toi Soa. Adieu Soa. Je t'aime Soa. »

Cette première lecture, probablement la dernière de la liste, fut pour moi l'un des rares moments où je bénis cet appareil insupportable qu'on appelle portable. Les plages suivantes furent lues automatiquement, apparemment dans le désordre.

« Le chien est devenu mon ami. Pas celui qui m'a mordu et brisé le poignet, mais l'autre. Ce matin, en me voyant descendre les ordures, il a dégurgité son repas dans sa gamelle et m'a appelée de la patte. Je l'ai remercié d'une longue caresse sur la tête. Il n'arrêtait pas de me lécher. Comme les chiens du riche libanais de la bible avec Lazare. Je suis devenue chienne, Soa. Je suis chienne ».

« J'ai le dos en lambeaux. L'eau n'était pas assez chaude pour plumer le poulet qu'on devait manger à midi. Madame a voulu me la jeter au

visage, pour m'apprendre à reconnaître l'eau bouillante de l'eau chaude. Prévoyant son geste, j'ai eu le temps de m'enfuir en courant. Mais pas assez vite. J'ai reçu la casserole d'eau bouillante dans le dos ».

« Mon patron m'a frappée avec son gros ceinturon de soldat. J'aurais insulté son fils, un garçon insupportable qui veut tout assouvir sur moi sa libido d'adolescent pourri gâté. Il voulait voir mes seins, à quoi ils ressemblaient. J'ai refusé. Il a voulu soulever mon tee-shirt. Je l'ai repoussé fermement. Il m'a crié dessus. Son père est entré. En me frappant, il me hurlait dans le nez que c'était un grand honneur pour une esclave que d'être troussée par le fils du patron. Si j'avais l'audace de contrarier encore son fils, il me jetterait à ses chiens ».

« Le pire ennemi de la femme c'est sa beauté ».

« Le papillon bitume dans un ciel fleuri d'éclats de rires. Le démon gamin peut pénétrer le cocon abandonné hérissé de poils à gratter autant de fois qu'il veut. La cigale s'est débarrassée de sa vieille carcasse. Désormais, elle chante au village de mes premiers babils. L'enclos de mon souverain bourdonne de lait en cascade.

« Je suis privée de nourriture depuis trois jours. J'avais laissé brûler un plat. Tout simplement parce que la marmite était trop lourde pour mon poignet gauche broyé. Je sortais la poubelle. Le vilain garçon jouait avec un des chiens en bas. Le molosse était sérieusement excité. Alors, le vilain démon a lancé la balle sur ma poitrine. Le chien s'est jeté sur moi, a attrapé mon poignet gauche et l'a broyé. Des voisins sont intervenus, sinon le chien me tuait. Le garçon a disparu dès que son chien m'avait happé le poignet ».

« L'autre chien est mort, celui qui m'avait mordue. Bizarre. Bizarre aussi qu'on ne m'ait pas accusée de l'avoir empoisonné. Ce sont mes ancêtres qui ont mis fin à sa vie, merci à eux. Le deuxième chien n'est pas bien. Ils l'ont emmené chez le vétérinaire. Je pense qu'il va mourir aussi. J'ai mangé dans sa gamelle en descendant la poubelle. Je comprends mieux l'histoire de Lazare racontée par Jésus. C'était

sûrement un riche libanais, et Lazare se délectait des restes dédaignés par ses chiens. Et il avait encore cinq frères qui avaient le même comportement, le riche. Mon patron est sûrement un descendant.»

« Mon patron m'a confisqué mon passeport dès mon arrivée. Il l'avait pris soi-disant pour accomplir les formalités consulaires. Mais ensuite, il m'a dit qu'il l'avait perdu. Du coup je suis devenue une « clande ». Je ne peux plus mettre le nez dehors de peur d'être ramassée. Tous les jours, ils font vomir à ma valise tout son contenu par terre. Mon portable est dans un lieu qu'ils ne soupçonneront jamais. C'est ma bouée de sauvetage ».

« Je parle comme un chien. C'est mon patron qui me l'a dit. Je mérite d'être traitée comme un chien. Mais moi je suis traitée comme moins qu'un chien. Les chiens on les nourrit. On les caresse. Et moi le chien me nourrit et me caresse des yeux. Je regrette de ne pas être instruite. Ma beauté m'a perdue. »

« Le gamin démon est encore passé à l'acte. Mais avec une carapace désormais vide, par contre. Il n'a pas eu ce qu'il pensait avoir. Il peut recommencer autant qu'il veut à l'avenir. Depuis longtemps, Saramba broute parmi les tortues l'herbe du platier de son lagon ».

« Merci à Monsieur le député. Merci à l'agence de placement. Merci à l'agence de voyage. Merci au gouvernement. Merci à tous ceux qui m'ont aidée à partir au Liban grâce à ma beauté. Je déborde de reconnaissance à leur égard. Que ma gratitude les inonde et noie leur conscience. Je suis chienne. Ils comprendront quand même mon langage ».

« J'ai découpé une serviette en lanières pour retenir mes jupes autour de mes reins. Mes beaux seins mangues d'antan ont fondu. Ils sont devenus flasques et rabougris comme des fintsa[38] *Elles me donnent des*

---

[38] Fintsa : banane mûre découpée en lanières puis séchée, molle et pendante.

idées macabres, ces lanières. J'ai peur, Soa. Est-ce que ça fait très mal de mourir ? »

« Depuis plusieurs jours, la gamelle de mon frère chien reste désespérément vide. Il n'est pas revenu de chez le vétérinaire. Je suis peut-être orpheline encore une fois ».

« Mes deux doigts sont tombés quand j'ai enlevé les bandages. Comme le nombril d'un bébé. Complètement desséchés. Me voilà handicapée. Mes doigts repousseront. Comme la queue du gecko. N'est-ce pas Soa ?»

« Mes patrons espèrent que je mourrai chez eux. Je mourrai chez moi, à V…chez ma mère, ou à Tuléar, chez mon Baba. Ce matin on m'a tapé sur les doigts avec une grande louche. Il manquait des trucs dans le réfrigérateur. Hier, le méchant démon avait invité des copains pour faire la fête à la maison. Sale voleuse, si je recommençais à voler de la nourriture dans la maison, on me couperait une main. Autant la couper tout de suite, elle ne sert plus à rien ma main gauche : poignet brisé, doigts écrabouillés. »

- Ce joujou ramène les morts à la vie, murmura Marvane. Je sens la voix et la présence de ma fille, grâce à cette petite machine. Oui, Saramba n'est pas morte. Elle ne mourra plus jamais !
- Les *vazaha* sont des gens qui chient le sang, je vous le répète, conclut Soanomena. Vomissent pissent et chient le sang !

« Une dame qu'ils disaient infirmière est venue. Elle m'a cassé mes cloques dans le dos en me frottant toute nue avec de l'alcool à brûler. Elle a momifié mes doigts, emprisonné mon poignet dans un carcan imbibé d'alcool à brûler et de mercurochrome. Le méchant démon est venu lui prêter mains fortes ; il m'a garroté les bras derrière le dos au montant de mon lit. Puis il s'est planté devant moi goguenard. En

partant il a oublié de me détacher. Le serpent s'est coulé hors de sa peau en lambeaux. Régénéré.»

« Mon patron a enlevé les niches des chiens. Désormais plus aucune preuve que j'ai été mordue par un chien. Plus de gamelle non plus. Je me rattrape dans le sac poubelle. A cause de ça, mon patron hier m'a frappée devant les gens. Malpropre ! Ordure ! Chienne ! Chez nous il y a plus que ce qu'il faut, pourquoi tu m'humilies comme ça en mangeant les ordures ? Les gens ont approuvé. Parce que j'ai mangé dans le sac poubelle ».

« Je danserai sur la place du village de mes espoirs. Mon rêve culmine au sommet de la colline sacrée badigeonnée du sang de mes frères circoncis. L'arbuste verdoyant est pris dans un incendie de brousse. Le petit caméléon s'agrippe à sa branchette. J'ai mangé dans la paume de la main de mon père, Baba. Le chien frère-mien n'est pas revenu. Plus rien dans sa gamelle desséchée ».

- Je n'ai pas compris ce qu'elle a voulu dire, se lamente Soanomena.
- Elle m'est apparue en songe, se contente de marmonner Marvane.

« J'ai constaté des blessures dans ma bouche et sur ma langue. Comme si je m'étais mordue. Des douleurs partout. M'a-t-on frappée pendant mon sommeil ? Cette migraine qui ne me quitte plus depuis qu'on me prive de manger. J'ai le vertige, Soa. »

Silence à l'arrière de la cabine. Soanomena s'est assoupie, la tête posée sur l'épaule du vieux musicien. Lui aussi apaisé gardait les paupières closes mais ne dormait pas. La route était encore longue jusqu'à Tuléar. Saramba aura sa tombe chez nous, dans les *Douzi kitara* que mon frère Marvane m'a vendu et où je ferai construire un hôtel restaurant qui portera son nom : Le Marvane[39].

[39] Voir ***Les obsèques de l'oreiller*** dans le même volume.

Table des matières

Romans et nouvelles de l'Océan Indien aux éditions L'Harmattan

JOURNAL D'UNE VIEILLE FOLLE
Timol Umar
«Je ne suis pas cette femme murée dans un trou, je ne suis pas cette femme qui ne sert à rien, je ne suis pas cette femme gentille qui est à l'écoute des autres, je veux me libérer de la prison de vos rêves. Je veux être au monde pour le changer, pour le transformer. Je veux être une présence au monde. Je veux que tu plonges tes mains, encore endolories par la foi, dans l'amertume putride...»
(Coll. Lettres de l'Océan Indien, 13.00 euros, 116 p.) ISBN : 978-2-296-96531-7

TABLEAUX DE LA VIE MALGACHE
Fernier Robert
L'état d'une société primitive telle que l'a croisée Robert Fournier à Madagascar, est un document ethnographique rare. Le lecteur trouvera à travers ces lignes une description du Madagascar des années 50, de ses mœurs et de ses paysages, tels qu'ils ont été vus par un observateur métropolitain attentif, mais malgré tout imprégné des préjugés de son époque.
(24.00 euros, 240 p.) ISBN : 978-2-296-56989-8

L'HARMATTAN ITALIA
Via Degli Artisti 15; 10124 Torino

L'HARMATTAN HONGRIE
Könyvesbolt ; Kossuth L. u. 14-16
1053 Budapest

L'HARMATTAN KINSHASA
185, avenue Nyangwe
Commune de Lingwala
Kinshasa, R.D. Congo
(00243) 998697603 ou (00243) 999229662

L'HARMATTAN CONGO
67, av. E. P. Lumumba
Bât. – Congo Pharmacie (Bib. Nat.)
BP2874 Brazzaville
harmattan.congo@yahoo.fr

L'HARMATTAN GUINÉE
Almamya Rue KA 028, en face du restaurant Le Cèdre
OKB agency BP 3470 Conakry
(00224) 60 20 85 08
harmattanguinee@yahoo.fr

L'HARMATTAN CAMEROUN
BP 11486
Face à la SNI, immeuble Don Bosco
Yaoundé
(00237) 99 76 61 66
harmattancam@yahoo.fr

L'HARMATTAN CÔTE D'IVOIRE
Résidence Karl / cité des arts
Abidjan-Cocody 03 BP 1588 Abidjan 03
(00225) 05 77 87 31
etien_nda@yahoo.fr

L'HARMATTAN MAURITANIE
Espace El Kettab du livre francophone
N° 472 avenue du Palais des Congrès
BP 316 Nouakchott
(00222) 63 25 980

L'HARMATTAN SÉNÉGAL
« Villa Rose », rue de Diourbel X G, Point E
BP 45034 Dakar FANN
(00221) 33 825 98 58 / 77 242 25 08
senharmattan@gmail.com

L'HARMATTAN TOGO
1771, Bd du 13 janvier
BP 414 Lomé
Tél : 00 228 2201792
gerry@taama.net

619769 - Septembre 2015
Achevé d'imprimer par

1livre.com
du rêve à la réalité !